Alfons Dodet, Adolf Belot

Fromont Junior und Risler Senior

Drama in fünf Aufzügen

Alfons Dodet, Adolf Belot

Fromont Junior und Risler Senior
Drama in fünf Aufzügen

ISBN/EAN: 9783743352414

Hergestellt in Europa, USA, Kanada, Australien, Japan

Cover: Foto ©Andreas Hilbeck / pixelio.de

Manufactured and distributed by brebook publishing software (www.brebook.com)

Alfons Dodet, Adolf Belot

Fromont Junior und Risler Senior

Fromont junior & Risler senior.

Drama in fünf Aufzügen

(der letzte in zwei Abtheilungen)

von

Alfons Dodet und Adolf Belot.

Autorisirte Uebersetzung.

Wien, 1877.

Verlag von L. Rosner.

Tuchlauben Nr. 22.

Personen.

Besetzung im k. k. Hof-Burgtheater.

Risler senior	Herr Sonnenthal.
Sidonie, dessen Frau	Frau Wolter.
Franz Risler, dessen Bruder	Herr Hartmann.
Fromont junior	Herr Mitterwurzer.
Claire, dessen Frau	Frau Gabillon.
Delobelle	Herr Gabillon.
Desirée, dessen Tochter	Frl. Janisch.
Chèbe } Sidoniens Eltern.	Herr Meixner.
Madame Chèbe }	Frau Kupfer.
Sigmund Planus	Herr Lewinsky.
Mistreß Dobson	Frau Negro.
Eine Kammerfrau	Frau Wagner.
Ein Lehrling	Frl. Link.
Ein Oberkellner	Herr Rüden.
Gäste. Kellner. Diener.	

Schauplatz: Paris und Bougival bei Paris.

Zeit: Die Gegenwart.

Erster Akt.

Kleiner Salon im Restaurant Véfour, mit Spiegeln und Thüren im Fond und zu beiden Seiten. Neun Uhr Abends. Die großen Thüren im Hintergrund sind offen und lassen in den Tanzsaal sehen, der hell erleuchtet, aber noch leer ist. Im zweiten Salon ein Piano.

Erste Scene.

Chèbe. Mme. Chèbe.

(Chèbe, die Serviette unterm Kinn, roth vor Wuth, das spärliche Haar auf dem riesigen Schädel zu Berge stehend. Mme. Chèbe in splendidem, grünem Seidenkleide, voll gegessen, den Bissen im Munde, gutmüthig und theilnahmslos.)

Chèbe. Das ist widerwärtig, das ist unerhört, das vergess' ich ihnen nie! Mich so zu behandeln.

Mme. Chèbe. Aber, lieber Ferdinand, rege Dich doch nicht auf, an einem solchen Ehrentag! Auf der Hochzeit unseres Kindes! (Sie setzt sich.)

Chèbe. Mich an das untere Ende der Tafel zu setzen, mich, den Braut-Vater! Und wer bekommt den mir gebührenden Platz? Fromont junior, ein Fromont —

Mme. Chèbe. Aber er ist doch der Compagnon unseres Schwiegersohnes.

Chèbe. Ich sage Dir, es geschah absichtlich, blos um mich zu demüthigen.

Mme. Chèbe (mit großen Augen). Lieber Mann, was fällt Dir ein? Du übertreibst.

Chèbe. Ja! Gut! Ich übertreibe!... Du findest es also nicht lächerlich, daß diese Fromonts auf unserer Hochzeit die erste Rolle spielen? He! Alle sind sie da mit Frauen, Kindern, Basen, Vettern, mit Freunden und Freunden ihrer Freunde. Es ist gerade, als ob ein Fromont sich verheiratete, nicht eine Chèbe. Spricht nur ein Mensch von den Chèbe's oder von den Rislers? Nicht einmal vorgestellt hat man mich, mich, — den Braut=Vater!

Mme. Chèbe. Daran ist nur Risler schuld; er ist so zerstreut, so scheu, so...

Chèbe. So kriecherisch — sag's nur heraus, so auf dem Bauch vor seinem Herrn Compagnon, vor der Frau seines Herrn Compagnons, vor der Familie des Herrn Compagnons. Wie soll man uns respectiren mit einem solchen Schwieger=sohn?!

Mme. Chèbe. Vergessen wir nicht, daß Risler in einer ganz besondern Stellung sich befindet. Vor fünfundzwanzig Jahren ist er in der Fabrik der Fromonts eingetreten als einfacher Musterzeichner. Es sind kaum einige Monate, seit=dem ihn Fromont junior, der Nachfolger seines Onkels, als Compagnon aufgenommen hat. Da ist's denn doch kein Wunder, wenn einer, der so lange Commis war, vor seinem ehemaligen Prinzipale etwas gebückt einhergeht.

Chèbe (aufgeblasen). Madame, wenn man eine Chèbe heiratet, so richtet man sich auf. (Er stellt sich auf die Fußspitzen.)

Mme. Chèbe. Am Ende ist es doch ein großes Glück, das wir machen. Wir haben kein Vermögen, keine Aussichten. Meine achtzigtausend Francs sind in Deinen unglücklichen Spe=culationen verloren gegangen.

Chèbe. So ist's recht. Noch Vorwürfe für mich!

Mme. Chèbe. Nein, keine Vorwürfe, mein armer Alter! Aber unter uns dürfen wir es uns doch eingestehen: Du hast mit Deinen Speculationen kein Glück gehabt. Unser Kind hatte keine andere Aussicht, als eine alte Jungfer zu werden oder irgend einen kleinen Beamten zu heiraten. Und was ge=schieht? Das reine Gegentheil. Sie heiratet „Fromont junior und Risler senior", die erste Tapetenfabrik in Paris. Ich meine, wir hätten uns nicht zu beklagen.

Chèbe. Uns nicht zu beklagen! Ach, das ist zu stark. (Mit Aplomb) Wissen Sie, Madame, wie ich heiße? Ich heiße... Ferdinand Chèbe.

Mme. Chèbe. Ich weiß es nur zu gut, daß Du Ferdinand Chèbe heißest. Du sagst mir's alle Tage.

Chèbe. Ferdinand Chèbe, Madame, altes Haus von Paris. Geschäftsmann durch und durch. Seit dreißig Jahren auf dem Platz, bekannt in ganz Paris. Mit diesem Namen und mit ihren natürlichen Vorzügen konnte unsre Tochter auf die höchste Stellung Anspruch machen. Wir brauchen nicht weit zu gehen; Du weißt ganz wohl, wenn Fromont junior von seinem Oheim nicht gezwungen worden wäre, seine Cousine Claire zu heiraten, so hieße unsere Sidonie heute Madame Fromont junior.

Mme. Chèbe. Ich weiß nicht, wo Du hinauswillst, aber so viel ist gewiß: Du verbitterst Dir und Anderen alles Gute auf der Welt. Einmal kommen wir dazu, bei Véfour zu essen, und Du stehst auf von der vollen Tafel. Komm zurück zu Tisch!

Chèbe. Nicht um die Welt. Ich muß ins Freie, muß Luft schöpfen. Ich geh' ins Palais Royal. Hier erstick' ich. (Er entfernt sich links.)

Mme. Chèbe (ihm nach). Ferdinand, Ferdinand, wir werden ja das Dessert versäumen! (Während sie links abgehen, treten Delobelle und Desirée durch die Thüre im Hintergrunde ein.)

Zweite Scene.
Delobelle. Desirée.

(Delobelle elegant, im Frack, mit weißer Binde, eine Camelie im Knopfloch, tritt imposant auf und läßt seine neuen Lackschuhe krachen; Desirée, blaß, etwas übernächtig, im Mousselinkleide, kontrastirt durch ihre Einfachheit mit ihrem Vater. Sie hinkt ein wenig, leicht und fast graziös. Kellner kommen und zünden den Luster an.)

Delobelle (von der Tafel etwas angeregt, die Lippen noch feucht, spricht mit einer gewissen Hast). Komm', Zizi, komm', da ist ein kleiner Salon, wo wir ungestört sind. (Zum Kellner, mit theatralischer Geste) Man lasse uns allein. (Da der Kellner zögert, fährt er mit erhobener Stimme und noch majestätischer fort, indem er auf die Thüre zeigt) Man entferne sich! (Kellner achselzuckend ab.)

Desirée. Aber, Papa, wozu diese Heimlichkeit? Wir stehen vor allen Gästen von der Tafel auf ...

Delobelle. Kind, es handelt sich um eine Sache von großer Wichtigkeit. Ich bin der einzige Künstler auf dieser bürgerlichen Hochzeit. Es ist voraus zu sehen, daß der Abend nicht vorübergehen wird, ohne daß man mich auffordert, etwas vorzutragen.

Desirée. Glaubst Du, Papa?

Delobelle. Ich bin davon überzeugt. Alle diese guten Leute haben von dem großen Schauspieler Delobelle reden gehört. Seit fünfzehn Jahren, die wir in diesem Stadtviertel wohnen, kennt mich hier jedes Kind. Bei Tisch zum Beispiel saß mir gegenüber Madame Fromont, die Frau des Compagnons. Sehr distinguirt, die gute Frau — Nun, sie hat kein Auge von mir gewendet während des ganzen Diners. Und dann, hast Du bemerkt? als ich von dem Kellner die Sauce hollandaise verlangte, — ich habe das übrigens sehr wirkungsvoll gesagt: Garçon, die Sauce hollandaise, wenn ich bitten darf, — da hat sich Alles nach mir umgedreht. Es kommt eben viel auf den Ausdruck an. Man flüsterte, man gaffte mich an; ich kam mir vor, als wär' ich auf der Bühne. Das hat mir wohlgethan. Teufel auch, wenn man so lang nicht aufgetreten ist . . .

Desirée. Armer Papa!

Delobelle. O mach Dir nichts draus, da hab' ich keine Sorge. Ja, es ist zehn Jahre her, daß ich nicht gespielt habe; zehn Jahre lassen mich diese blinden Directoren links liegen, ohne Engagement, ohne Rolle; desto schlimmer für sie. Sie werden mir schon kommen, sie werden kommen müssen, wenn sie Niemanden mehr haben. Absolut Niemand. An dem Tage aber werden wir sie die verschmähte Waare theuer bezahlen lassen. Doch, um wieder zur Sache zu kommen. Du kannst Dir denken, daß mir wenig daran liegt, mich vor dem Krämervolk zu produziren, aber es wird nicht gut möglich sein, mich diesem Opfer zu entziehen. Anfangs habe ich an die große Scene aus Molières „Misanthrope" gedacht; aber ich habe Niemanden, der die zweite Rolle spricht. Es sei denn, Du wolltest —

Desirée (erschrocken). O nein, ich bitte Dich, nur ich nicht.

Delobelle (mit mitleidigem Lächeln). Ja, ja, ich weiß, Du bist wie Deine arme selige Mutter; die habe ich auch nie dazu bringen können, ein einziges Wort öffentlich zu sprechen, nicht einmal einen Brief auf der Bühne zu übergeben. (Traurige Geberde Desirée's.) O, ich mache ihr keinen Vorwurf. Armes Weib! Sie war eine Heilige! Sie hat mich so geliebt. Sie war mein Trost, meine Stütze. So lange sie an meiner Seite war, habe ich mich stark gefühlt. Und seitdem sie todt ist . . . (Er trocknet eine Thräne und fährt dann fort, indem er plötzlich wieder auf seine frühere Idee kommt) Du müßtest übrigens nur lesen, ich habe das Stück mitgebracht. (Desirée macht eine abwehrende Bewegung.) Schon gut, schon gut; reden wir nicht weiter davon. Also, laß doch sehen, was könnte ich dann sonst vortragen. Das Gebet des Theseus zum Neptun, aus Phädra. Ein gewaltiges Stück, eines meiner Paradepferde aus der guten klassischen Schule. Nur müßt ich den Text nochmals durchfliegen. In den Beinen habe ich die Geschichte noch, aber nicht mehr im Kopf.

Desirée. O, gib Acht, Papa, wenn Du nicht ganz sicher bist ...

Delobelle (verletzt). Du meinst?

Desirée. Ich meine, es wäre vielleicht besser, nichts vorzutragen. Es ist so unangenehm, wenn man stecken bleibt. O, Papa, nicht Deinem Gedächtnisse mißtraue ich, sondern dem Champagner. Du hast viel getrunken. Umsonst habe ich Dir Zeichen gemacht; Du merktest nicht auf.

Delobelle. Glaubst Du? Es ist wahr, ich lade stark, aber sei ohne Furcht, ich halte auch aus. Ich bin aus dem Holze des alten Kean, der nie so im Zug war, als wenn er getrunken hatte. (Desirée will erwidern.) Ah geh, kleine Spießbürgerin, Du wirst nie begreifen, was Genialität bedeutet. Aber das hindert mich nicht, Dich lieb zu haben aus ganzem Herzen. Ja, dieses Herz! Es ist viel davon in meinen Rollen aufgegangen ... Aber sei ruhig, Dein Theil habe ich Dir hier immer aufgehoben, und zwar ein großes Stück ... Komm', überhöre mir meinen Monolog einmal; ich wette, daß ich ihn von A bis Z ohne Fehler hersagen kann.

Desirée (lachend). Aber, Papa, es ist möglich, daß Du ihn weißt; ich aber, ich weiß ihn nicht auswendig Deinen Monolog ....

Delobelle (leise). Das Stück steckt in meinem Ueberzieher. Hol' es aus der Garderobe.

Desirée. Wie, Papa? Dieses Stück hast Du auch mit? Wie viel Stücke hast Du eigentlich mitgenommen?

Delobelle. Still, still, komm' nur schnell wieder, da ist die Garderobenummer. (Desirée ab.)

Dritte Scene.

Delobelle. Chèbe und Mme. Chèbe.

Delobelle (vor dem Spiegel stehend). Ja wohl, aus demselben Holz, wie der alte Kean, nur besser geschnitzt, das kann ich wohl behaupten. (Er bleibt einen Moment in Bewunderung stehen, macht seine Manchetten zurecht, geht einige Schritte und kommt wieder mit allerlei Mienen und Geberden.) Meiner Treu, ich kann mich nicht satt an mir sehen. (Er wirft sich in den Spiegel eine Kußhand zu. In diesem Moment treten die Chèbe's auf.)

Mme. Chèbe. Komm', sag' ich, kehren wir zurück zu Tisch.

Chèbe. Wozu? Um neue Demüthigungen zu erdulden?

Mme. Chèbe. Nein, um eine Menge gute Sachen zu essen. Lieber Gott, eine so schöne Gelegenheit kommt so bald nicht wieder.

Chèbe (Delobelle bemerkend). Sie auch hier, Sie? Was treiben Sie denn da für Narrenpossen?

Delobelle. Ich bin im Begriffe eine meiner Rollen zu durchfliegen. Desirée läßt mir keine Ruhe. Sie meint, man wird mich auffordern, etwas vorzutragen.

Chèbe. Was vortragen, Sie?

Delobelle. Und weshalb nicht, mein Herr?

Chèbe. Was fällt Ihnen ein? Sie sind von den Chèbe's eingeladen. Sie gehören zum Troß, Sie können ruhig sein, Sie wird Niemand auffordern.

Delobelle. Desto schlimmer für die Gesellschaft. Was kümmert's mich? Ich will gar nicht declamiren. Ich habe gar keine Lust zu declamiren. Ich . . .

Chèbe. Ja, wenn Sie von den Fromonts geladen wären, dann wär's eine andere Sache. Alles für die Fromonts, für die Chèbe's nichts. Das ist heute die Losung.

Vierte Scene.

Dieselben. Desirée mit dem Stück.

Desirée. Papa, da ist das Stück.

Delobelle (zu den Chèbe's). Sie erlauben, nicht wahr? O über den unerbittlichen Beruf des Künstlers. Nur vorwärts, Zizi!

Vierter Akt, zweite Scene: „Und Du, Neptun!" Das war ein Erfolg, den ich mit dieser Stelle hatte! Welcher Triumph in Montpellier, an der Seite der Rachel, bei ihrem letzten Gastspiel! Ich brachte sie fast aus der Fassung durch mein Spiel; sie wandte sich ab, ihre Rührung zu verbergen, und als der Vorhang gefallen war, sagte sie zu mir, die unsterbliche Tragödin: „Einen Theseus, wie Sie, Delobelle, habe ich in meinem Leben nicht gehabt". Nach der Vorstellung paßte mir das ganze Parterre-Publikum beim Ausgang des Theaters auf, um mir die Pferde auszuspannen.

Chèbe (höhnisch). Aber unglücklicher Weise waren Sie zu Fuß, nicht wahr?

Delobelle. Allerdings war ich zu Fuß. Allein das Publikum bewies durch seine Demonstration, daß mir von Gott und Rechtswegen ein Wagen gebührt hätte.

Chèbe (von seiner Frau angezogen, auf Delobelle deutend). Das ist auch so Einer, der mich mit seiner unverschämten Aufschneiderei nervös macht.

Mme. Chèbe (mit ihrem Manne abgehend). Wie kann man an einem solchen Tage sich so unnöthig aufregen!

Fünfte Scene.
Delobelle. Desirée.

Delobelle. An unsere Arbeit, Kind!
„Und Du, Neptun, wenn je mein Arm Dein Ufer
Von Raubgesindel säuberte, gedenk',
Wie Du mir einst zu meiner Thaten Lohn" ...
(stockt, legt die Hand an die Stirne, und wehrt mit der anderen Desirée ab, die einhelfen will.) Pst, pst! Nichts sagen! Ich weiß, was kommt. (murmelnd) „Zu meiner Thaten Lohn" ... (ungeduldig) Aber so soufflire doch. Du läßt mich ja stecken.

Desirée (aus dem Buche). „Gelobt, mein erstes Wünschen zu erhören."

Delobelle. Genug, genug. Jetzt bin ich wieder d'rin. „Gelobt, mein erstes Wünschen zu erhören" ... Verwünschter Champagner! So etwas ist mir in meinem Leben nicht begegnet.

Desirée (wie oben).

„Nicht in dem Drang der langen Kerkernoth,
Erfleh' ich Dein unsterbliches" . . .

Delobelle (einfallend). Nicht so viel auf einmal! Du hetzest mich ja außer Athem. „Nicht während meiner langen Gefangenschaft" . . .

Desirée (unterbricht). „Nicht in dem Drang der langen Kerkernoth" heißt es, Papa.

Delobelle. Nun, das sagt' ich ja. Man muß sich doch die Verse des alten Racine ein wenig mundgerecht machen.

Desirée. „Erfleht ich Dein unsterbliches Vermögen."

Delobelle. Unsinn, so kann's nicht dastehen. Der Gott Neptun hat ja doch kein Vermögen. (Er entreißt ihr das Buch.) Her mit dem Buche. Nicht einmal souffliren kannst Du, die einzige Tochter eines berühmten Mimen.

Sechste Scene.

Vorige. Risler und **Sigmund Planus** (aus dem Hintergrunde). **Ein Kellner** öffnet ihnen die Thür.

Kellner. Hier, meine Herren, hier wird geraucht.

Risler (giebt ihm die Hand). Danke Ihnen, mein Freund, danke Ihnen. Sie sind sehr freundlich. (Zu Sigmund) Wirklich, Jedermann hier ist so gut gegen mich. Komm, Alter, komm . . . Hier kannst Du . . . ah, Delobelle . . . Nein, nicht stören lassen. Nur einen kleinen Winkel für Freund Sigmund, wo er ungesehen sein Pfeifchen rauchen kann. (Er geht mit herzlichem Lachen auf Delobelle zu.) Na wie geht's, wie steht's? Das Diner war gut? Was?

Delobelle (lebhaft). Ist die Tafel schon aufgehoben?

Risler. Freilich, Alles ist im Salon.

Delobelle. Teufel, dann ist ja . . .

Risler. Delobelle, mein Freund — geben Sie mir die Hand. Sie haben doch keinen Kummer, hoffe ich? Sie schienen mir beim Diner so zerstreut.

Desirée. Nicht doch, Herr Risler, Papa hat keinen Kummer.

Delobelle. Das heißt . . . mit Ausnahme des alten Geiers, der mir an der Leber frißt . . . das Theater.

Risler. Ja, ja, ich weiß. Aber sonst? Haben Sie irgend eine Sorge, — wissen Sie — Kleine Verlegenheiten, Rückstände im Zins. — Sehen Sie, ich möchte heute Alles um mich her glücklich sehen.

Delobelle. Ich kann nicht läugnen . . .

Desirée (beschämt einfallend). Vielen Dank, Herr Risler, aber Sie haben wahrhaftig schon genug für uns gethan. Gottlob, es fehlt uns gegenwärtig an gar nichts, ich habe jetzt sehr viel zu thun, der Federnschmuck kommt immer mehr in die Mode. Meine kleinen Vögel gehen sehr gut ab; ich habe eine Menge Bestellungen.

Risler. O, ich weiß, Sie sind ein tapferes, kleines Geschöpf.

Delobelle (sich gegen Risler neigend). Ich möchte Sie doch sprechen; ich habe einen Plan, ein Project.

Desirée. Komm, Papa, komm! Du darfst drinnen nicht auf Dich warten lassen.

Delobelle. Du hast Recht. (Zu Risler) Wir sprechen davon bei Gelegenheit — demnächst . . .

Risler. Wann Sie wollen, lieber Delobelle.

Delobelle (geht ab declamirend und mit dem Stücke agirend). „Erfleht ich Dein unsterbliches Vermögen."

Siebente Scene.

Risler. Sigmund Planus.

(Während der vorigen Scene hat Planus aus seiner Tasche, wo sie große Falten machte, eine ungeheuere Porzellanpfeife gezogen, sie gestopft, angezündet und mit großem Behagen geschmaucht. Risler setzt sich neben ihn, steckt den Arm unter den seinen und sagt halblaut und still lachend, ohne ihn anzuschauen.)

Risler. Sigmund, altes Haus . . .

Planus (ernst, ohne die Pfeife loszulassen). Na?

Risler. Ich bin glücklich, aber wie glücklich!

Planus. Man sieht's Dir an.

Risler. Nein, Alles sieht man nicht. Ich bin noch viel, viel glücklicher, als ich aussehe; aber es nützt nichts, ich mag suchen, wie ich will, ich finde keine Worte, um zu sagen, wie mir's um's Herz ist. Welch' ein Tag, Freund, welch' ein merkwürdiger Tag! Was hat sich seit heute Früh schon Alles ereignet! Früh Morgens sehe ich mich noch in meinem alten

Junggesellenzimmer, das ich zum letzten Mal durchschreite, den Frack schon angezogen, das Kinn sauber rasirt, zwei Paar Glacé-Handschuhe in der Tasche. Dann die Galawagen, eine ganze Prozession von Wagen und in dem ersten, mit den schneeweißen Schimmeln und dem schneeweißen Geschirr — das weiße Kleid der Braut, das wie eine lichte Wolke durch das Wagenfenster schimmert. Darauf der Einzug in die Kirche, paarweise, die weiße Wolke immer an der Spitze. Die vielen Wachskerzen, der Meßner, des Pfarrers Predigt, das Gedräng der Leute in der Sakristei und der feierliche Choral auf der Orgel, zum Schluß das weit geöffnete Kirchthor und die Ausrufe im Publikum: „Der Bräutigam ist gar nicht schön, aber die Braut ist verteufelt hübsch" ... Ah, das thut wohl, wenn man der Bräutigam ist. Hernach das Dejeuner in der Fabrik, die Spazierfahrt im Boulogner Wäldchen und um den Teich herum! Und zuletzt das prächtige Diner bei Véfour, — das Alles kommt mir wie ein Traum vor, und ist doch volle Wirklichkeit. Aber es hilft nichts, ich kann mir nicht vorstellen, daß ich wache, daß ich diesen Tag in Wahrheit erlebe. Es ist so merkwürdig, daß ein schönes Mädchen wie Sidonie mich genommen hat. Sie hätte doch so viele andere Männer haben können, jüngere, feinere, hübschere als ich, von meinem Bruder gar nicht zu reden, dem armen Franz, der sie so ungeheuer liebte. Aber nein. Sie wollte gerade ihren alten Risler haben. Wer hätte je an so etwas gedacht, so etwas geglaubt?

Planus. Niemand.

Risler. Wenn ich daran denke, welches Glück ich in dem einen Jahr gehabt! Zwei erste Treffer hintereinander: Compagnon des Hauses Fromont und Sidoniens Gatte.

Planus (an die Pfeife schlagend). Merkwürdig.

Risler. Wer mir das gesagt hätte vor fünfundzwanzig Jahren, da ich in die Fabrik eintrat, als einfacher Commis mit zwölfhundert Francs Gehalt? Wie gut warst Du damals gegen mich und meinen Bruder Franz, mein alter Planus! Du hast uns Dein Haus geöffnet, uns alle Sonntage zu Deinem Tische geladen. Wie schön sich's da von der Heimat plauderte, von unserer lieben, herrlichen Schweiz!

Planus (sinnend). Ja, 's war eine schöne Zeit.

Risler. Es war! Es war! Im Gegentheil, jetzt soll sie erst recht anfangen, die schöne Zeit. Ich will, daß Du mein Haus als das Deinige betrachtest. Du sollst sehen, was für Feiertage wir uns machen wollen. Es wird mir so wohl thun, Dein altes, ehrliches Gesicht vor mir zu haben, zwischen zwei Flaschen vom Besten. O, das soll ein schönes Leben werden. Nur Ein's — ja Eines wurmt mich inmitten all der Freude.

Planus. Was denn? Was fehlt Dir, Alter?

Risler. Schau, ich fürchte... Es kommt mir vor, als ob Franz...

Achte Scene.
Die Vorigen. Chèbe. Mme. Chèbe. Ein Oberkellner.

Chèbe (vom Hintergrund kommend, in heftiger Aufregung hinter dem Oberkellner her). Sie sind ein Unverschämter! Sie wissen nicht mit wem Sie reden! Ich bin der Schwiegervater des Herrn Risler;.. ich heiße Ferdinand Chèbe...

Mme. Chèbe (kommt vom Hintergrund, ein Gefrornes in der Hand, vor dem sie fortwährend ißt). Aber, so höre doch nur, Ferdinand —

Chèbe. Laß' mich in Ruh'! (Zum Oberkellner) Verstehen Sie mich: der Punsch soll sogleich servirt werden. Ich muß wohl hier Befehle ertheilen, da sich niemand anders um die Gäste zu kümmern scheint. (Nach dem Hintergrunde ab.)

Neunte Scene.
Risler. Planus. Franz.

Franz (ist mittlerweile eingetreten und wendet sich an Risler und Sigmund, die in ihrem Winkel das Gespräch fortgesetzt haben). Ah, da sind Sie — ich dachte es wohl. — Bis zum andern Ende des Salons habe ich Vater Planus' Pfeife gewittert.

Risler. Franz, mein Junge, Du kommst gerade recht. Ich habe eben von Dir gesprochen.

Franz. Und was war's, Alter? Was sagtest Du von mir?

Risler. Ich sagte... Komm' her... — So!... Sieh' mir gerade ins Gesicht. (Er faßt ihn an beiden Händen und sieht ihm tief in die Augen.) Ich sagte, daß ich der glücklichste Mensch auf der Welt bin, daß aber etwas zu meinem Glücke fehlt... Ich getraue mich nicht, so voll und recht glücklich zu sein. Ja! Und Du bist's, der mich daran hindert.

Franz. Ich!

Risler. Ja, Du. Ich habe Furcht, daß Du mir's verargst!

Franz. Ich es Dir verargen?... Was... um Himmels willen?

Risler. Denke Dir, daß ich mich frage... manchmal frage, ob... ob ich mein Glück nicht aus den Trümmern des Deinigen aufgebaut habe.

Franz (verwirrt). Ich verstehe Dich nicht.

Risler. Ja, ich sagte mir einige Male... daß das Mädchen, welches ich liebe, auch Dir theuer war... daß Du vielleicht davon geträumt hast, sie zu Deinem Weibe zu machen.

Franz. Welch' ein Einfall!

Risler. Und daß Du erst dann, als diese Heirat unmöglich schien, den Entschluß gefaßt hast, fortzugehen, weit, so schrecklich weit — nach Deinem unglückseligen Egypten...

Franz. Deshalb dieser Brief, den Du mir geschrieben... worin Du mich so zärtlich und so voller Liebe um die Erlaubniß bittest, glücklich zu sein! Ich habe kein Wort davon verstanden...

Risler. Wirklich nicht? Wahr und wahrhaftig: ich habe mich geirrt? Du bist mir nicht böse?

Franz. Dir böse!... Ich!... Selbst wenn ich Grund dazu hätte, dürfte ich es... könnte ich es?... Wie schreiend undankbar müßte ich sein. Was ich bin, das hast am Ende doch nur Du aus mir gemacht, Du hast mich erzogen, mich erhalten. Das Bischen, was ich weiß und kann, verdanke ich Dir.

Planus. Wahr ist's, er hat sich oft selbst beraubt, um Dir's an Nichts fehlen zu lassen.

Risler. Aber schweig' doch! Wer wird davon reden?

Franz. Du hast Recht, man spricht nicht davon, aber man vergißt es deswegen nicht. Solche Schulden sind eingetragen und werden bezahlt mit einer Hingebung ohne Grenzen und einer Freundschaft, die nimmer endet.

Risler (aufstehend). Nun gut! So beweise mir sie, Franz — beweise mir diese Freundschaft und kehre nicht nach Egypten zurück. Bleib' bei uns, ganz und gar. Sieh' wie das hübsch wäre, wenn wir Alle beisammen blieben; eng bei einander. Du würdest Dich auch verheiraten. Wir würden ein Frauchen für Dich finden. Wie, wenn ich schon ein's gefunden hätte? Ein prächtiges Mädchen, an das ich längst für Dich gedacht!

Franz. So schnell!

Planus (mit der Pfeife im Mund). Was gilt die Wett', ich kenne sie! Nicht weit weg, was? (Sie sehen sich an und lachen.)

Franz. Nein, Bruderherz, nein — mit Deiner Erlaubniß werde ich das Heiraten für jetzt noch bleiben lassen. Ich habe da unten große Arbeiten angefangen. In zwei, drei Jahren bin ich fertig. Dann komme ich zu Dir und dann wollen wir an meine Heirat denken.

Risler. Wirklich, Du versprichst mir's? O!... dann, her die Pfeife, alter Planus, jetzt laß mich Ein's dampfen. Sonst fehlt mir nun gar nichts mehr, um ganz glücklich zu sein.

Planus. Aufgepaßt! Deine Frau. (Sie drücken sich in die Ecke.)

Risler. Ah, sie tanzt mit meinem Compagnon. (Franz geht ab.) Welche Ehre!

Zehnte Scene.

Dieselben. Sidonie. Georges.

(Seit einigen Augenblicken hat im rückwärtigen Saal die Tanzmusik begonnen. Durch die offene Thür kommt Sidonie im Brautkleide, tanzend mit Georges Fromont. Keines von Beiden hat Risler gesehen, sie glauben sich im kleinen Salon allein.)

Sidonie (einen Takt ruhend, ganz leise lächelnd). Das ist nicht wahr, Sie lügen.

Georges. Nein, Sidonie, ich lüge nicht. Sie waren es, Sie allein, die ich geliebt habe. Ich schwöre es Ihnen.

Sidonie (immer lächelnd). Sie haben mir's bewiesen, das muß ich gestehen. (Sie walzen auf derselben Stelle fort.)

Risler (zu Sigmund). Schau, wie hübsch sie ist; wie gut sie alle Beide tanzen.

Georges (hält inne und faßt Sidoniens Hände). O, ich bitte Sie um Alles, sehen Sie mich nicht mit diesem spöttischen Lächeln an. Sie wissen nur zu gut, wie meine Heirat mit Claire zu Stande kam. Sie ist meine Cousine, mein Onkel wollte es so... er lag auf dem Sterbebett... und Sie waren fern. Ich hatte nicht den Muth, Nein zu sagen.

Sidonie. Und so bin ich anstatt Madame Fromont junior Madame Risler senior geworden. Ich habe mich nicht zu beklagen, ich bin dabei ganz gut weggekommen. Was meinen Sie? Die kleine Sidi Chèbe, die gewesene Nähmamsell, mit Einem Male Ihrer Frau gleichgestellt, als Mitregentin eingeführt in das Fromont'sche Haus, dieses große und berühmte Haus! Aus einer kleinen dunkeln Kammer in die schönen Gemächer zu kommen, welche eigens für mich hergerichtet sind, aus meiner bescheidenen Existenz in den Wohlstand, den Ueberfluß, der mich erwartet. In der That, das ist Zauberei. (Sich von weitem in einem Spiegel sehend.) Und wenn ich mich ansehe, so erkenne ich mich kaum. (Sie knixt gegen den Spiegel.) Guten Tag, guten Tag, kleine Sidi! Ich bin's ja, ich bin's. Sehr verändert, was? Findest Du nicht?

Risler (hat sich erhoben und flüstert zu Franz und Sigmund). Gebt Acht, gebt Acht, Ihr sollt sehn. (Er nähert sich Sidonien auf den Fußspitzen.)

Georges (zu Sidonie). Also, Sie bereuen nicht? Sie sind glücklich?

Sidonie. Ja wohl, bin ich glücklich, vollkommen glücklich. Ich habe einen vortrefflichen Gatten, der mich anbetet, den ich lieben gelernt habe seit meiner Kindheit.

Risler (der unbemerkt in ihre Nähe gekommen, steckt seinen Kopf zwischen ihnen durch). Ah, sie ist zu lieb!

Sidonie (unterdrückt einen Schrei der Ueberraschung). Ha! Sie da?

Risler. Freilich. (Mit gutmüthigem Lächeln) Mein Weibchen, freilich bin ich da, alle Zwei sind wir da, auf einen kleinen freundschaftlichen Schwatz.

Sidonie. Aber man sucht Sie überall. Die Säle sind voll, der Ball hat begonnen, und Sie sind nirgends zu sehen, der Bräutigam?

Risler. Sie hat Recht, meiner Treu! Ich bin ja der Bräutigam — Schnell, ich muß die Honneurs meiner Hochzeit machen.

Sidonie. Halt ein wenig. Lassen Sie doch sehen . . Ihre Cravate ist ganz aufgegangen.

Risler. Ich weiß nicht, was sie hat, sie geht immer auf. (Während seine Frau ihm die Cravate bindet, sieht er Georges, Planus und Franz triumphirend und gerührt an). Wie das wohlthut, wenn Einem die kleinen Finger am Halse herumkrabbeln. (Während Franz und Sigmund im Gespräche abgehen, tritt Claire Fromont auf.)

Eilfte Scene.

Sidonie. Risler. Georges und Claire.

Claire (lachend). Ah, sind Sie da!

Risler (den seine Frau am Halse hält). Ah, Madame Fromont junior. (Er will loskommen.)

Sidonie (ihn zurückhaltend). Halten Sie doch ruhig.

Claire (zu ihrem Gatten und den Uebrigen). Ich bitte Sie, wer ist denn der merkwürdige Mensch, der mich während der Tafel mit weit aufgerissenen Augen immerfort anstarrte?

Georges. Gewiß Delobelle, der Schauspieler Delobelle, Rislers Freund!

Risler (zu ihnen tretend). Ja, wissen Sie, er ist ein Talent, ein großes Talent, obwohl er nirgends ankommen kann.

Claire. Was fehlt ihm aber nur? Was sucht er? Er schleicht so eigenthümlich im Saal herum . . . .

Georges. Er will wahrscheinlich etwas vortragen.

Claire. So wollen wir ihn anhören.

Risler. Warten Sie, bitte, warten Sie — Madame Georges. (Er nimmt seine Frau bei der Hand.) Komm', Kind. (Er führt sie vor Madame Fromont hin, bewegt.) Madame Georges, ich habe Sie noch nicht sprechen können und doch habe ich Ihnen etwas zu sagen, was mir den ganzen Tag auf der Zunge brennt.

Claire. Was ist's, mein lieber Risler?

Risler (sehr bewegt, indem er Sidoniens Hand in die Claire's legt). Sie sind so gut, Sie werden meine kleine Sidonie recht lieb haben, nicht war?

Claire. Gewiß. Ich und Sidonie sind ja alte Freundinnen Wir kennen uns seit Jahren.

Risler. Allerdings, so ist es. Erinnerst Du Dich, wie man Dich an einem Sonntage das erste Mal in die Fabrik brachte, um Dich mit Fräulein Claire spielen zu lassen?

Sidonie (gesetzt). Ich habe die Güte nicht vergessen, welche die Eltern Madame Fromonts mir erwiesen.

Risler. Sie werden ihr Ihren Schutz auch ferner angedeihen lassen, nicht wahr? Sie hat Ihren Rath, Ihren Beistand so nöthig. Die Welt, in die sie eintritt, ist ihr neu und fremd.

Claire. Sidonie braucht weder Rath noch Beistand. Sie ist schon jetzt eine reizende und distinguirte Frau.

Risler. O, desungeachtet wird sie Sie sehr brauchen, ja, ja. — Nimm Dir ein Muster an ihr, Frau! Es giebt nicht zwei Frauen auf der Erde, wie Madame Georges. Ganz das Abbild ihres armen Vaters; echt Fromont'sches Blut.

Sidonie (schlägt die Augen nieder und verneigt sich ohne zu antworten).

Zwölfte Scene.
Dieselben. Chèbe; dann alle Andern.

Chèbe (wichtigthuend zu den Kellnern). Die Vorhänge weg, die Vorhänge weg. Pardon, meine Damen — es fehlt an Raum für die Quadrille, wir müssen Platz machen. (Die Kellner ziehen die Vorhänge weg und der große und kleine Salon bilden nunmehr einen hell erleuchteten Tanzsaal. Er eilt nach dem Hintergrunde, wichtig und gedehnt.) Front! vorwärts die Front! Pantalon!!

Delobelle (tritt mit seiner Tochter vor, mit verzweifeltem Ausdrucke, den Claquehut an der Hüfte, sich mit dem Hefte fächelnd). Du wirst sehen, man läßt mich nichts vortragen. Sie wären im Stande, Einem den Beruf zu verleiden. O, wenn ich dürfte! wenn ich nur dürfte! Wie gern würde ich dem Theater entsagen! Aber ich habe kein Recht dazu, ich bin der Sclave meines Genies! Ah, die Quadrille geht zu Ende. Wenn ich es jetzt versuchen wollte, bevor man die nächste Nummer des Tanzprogrammes aushängt. (Er zeigt den Zettel mit „Walzer", welchen die Musiker auf dem Piano ausgesteckt haben.) Ah, eine Idee! (Er geht links ab.)

Franz (zu Desirée, die auf dem kleinen Divan im Vordergrund sitzt, während das Orchester eine Polka aufführt). Sie tanzen nicht, Fräulein Desirée?

Desirée. O, Herr Franz, Sie wissen ja, daß ich nicht tanze. (Traurig, aber einfach) Ich hinke ja!

Franz (bei Seite). Wie ungeschickt von mir!

Desirée (lächelnd). Nun, das thut nichts. Kommen Sie, setzen Sie sich hieher und schenken Sie mir diese Polka; da ich sie nicht tanzen kann, so wollen wir sie plaudern. Wollen Sie?

Franz (sich zu ihr setzend). Von ganzem Herzen. Und Ihre kleinen Vögel? Wie geht es ihnen?

Desirée. Ich habe jetzt sehr hübsche. Sie sollten kommen und sie ansehen, wie ehedem. Sie werden bei uns nichts verändert finden. Mein großer Fauteuil steht noch auf demselben Platz vor dem großen Tisch, wo die Arbeit herumliegt.

Ich bin kein Zugvogel, wie Sie, ich bleibe immer an meinem Platz... Dafür wandern meine kleinen Vögel in die Welt. Wenn ich sie auf die Hüte stecke, so öffne ich ihnen immer die Flügel breit und mächtig und lasse sie fliegen, weit, weit hinaus. „Flieg', Vöglein flieg', so weit meine Träume fliegen!" Und dann kommt's mir immer vor, als ob sie davonflögen und ich mit ihnen... so froh, so leicht, wie ihre kleinen Federn.

Franz. Und wohin fliegen sie — Ihre Vögel und Sie selbst?

Desirée (lachend). Ja, das ist mein Geheimniß.

Delobelle (zu Desirée tretend). Da schau her, Mädel! (Er hat eine Affiche, die er ihr zeigt, lesend:) „Dramatisches Intermezzo. Das Gebet des Theseus zum Neptun. Aus Phädra. Vorgetragen von Herrn Delobelle, erster tragischer Held und Liebhaber." Das hänge ich vor's Klavier an die Stelle der verwünschten Tanznummern. Wir wollen doch sehen, ob man mich auch dann nichts vortragen läßt.

Desirée. Vater, ich bitte Dich...

Delobelle. Laß mich, laß mich... die Kunst ist verkannt, man muß sie den Leuten aufdrängen. (Er geht zum Klavier.)

Franz (zu Desirée). Er glaubt also noch immer daran?

Desirée. Mehr als je... Und mir kommt es nicht zu, ihm die Täuschung zu benehmen. (Bewegung im Tanzsaal.)

Chèbe (im Hintergrunde schreiend). Nein! Kein Vortrag! Kein Vortrag! Tanzen, tanzen!

Eine Stimme (aus der Gruppe). Nein, nein, das Intermezzo! Theseus!

Risler. Ja, ja, declamiren Sie uns etwas, mein guter Delobelle.

Delobelle (in der Mitte). Wenn Sie denn darauf bestehen, aber nein, ich weiß wahrhaftig nicht — Ich bin nicht vorbereitet. Ich war gar nicht gefaßt. (Man bildet einen Kreis.)

Chèbe (hinter eine Gruppe gedrängt, ruft heulend). Nicht anhören! Er hat den Zettel selbst ausgehängt!

Delobelle. Wer behauptet das?

Risler. Wenn er nicht declamiren will, so soll man ihn nicht quälen.

Chèbe (immer versteckt schreiend). Musik! Musik!

Delobelle (sieht, daß man sich zerstreut). Nun denn, wenn Sie es durchaus wollen...

Mehrere Stimmen. Pst! Ruhe, Ruhe!

Chèbe. So? Na, warte! (Ab.)

Delobelle (das Heft Desirée gebend). Hier, Schätzchen, nimm, opfern wir uns —

„Und Du, Neptun, wenn je mein Arm Dein Ufer
Von Raubgesindel säuberte, gedenk',
Wie Du mir einst zu meiner Thaten Lohn"...

(Die Thüre im Hintergrund wird weit geöffnet, der Oberkellner erscheint, von Chèbe gefolgt, der sich grinsend die Hände reibt.)

Oberkellner (gegen Sidonie laut). Der Wagen der gnädigen Frau!

Delobelle. Eh? (Sich gewaltsam fassend, mit Wuth gegen Chèbe gewendet.)
„Gelobt mein erstes Wünschen zu erhören...."

Mme. Chèbe (sehr bewegt, führt Sidonie vor). Komm', meine Tochter, komm'. Wo ist Dein Mann? (Sie ruft mit Thränen im Auge.) Risler!

Delobelle (gestoßen und gedrängt).
„Nicht in dem Drang der langen Kerkernoth..."
(Verzweifelt) O, sie hören nicht zu. (Er fällt vernichtet auf einen Stuhl. Desirée tritt zu ihm und sucht ihn zu beruhigen.)

Franz (ist zu Sidonie getreten, während Madame Chèbe ihren Schwiegersohn holt. Mit tiefer Bewegung). Sidonie, ich reise morgen nach Egypten zurück. Ich werde Sie nicht mehr sehen. Leben Sie wohl, meine Schwester... In Ihrer Hand liegt das Schicksal eines ehrlichen Mannes, eines edlen, biedern, vertrauensvollen Herzens. Sie werden ihn lieben. Nicht wahr? Sie werden ihn glücklich machen für's ganze Leben?

Sidonie (giebt ihm die Hand). Rechnen Sie auf mich, Franz.

Mme. Chèbe (kommt mit Risler, seufzend). Herr Schwiegersohn, führen Sie Ihre Frau. (Risler nimmt Sidoniens Arm. Man bildet Spalier und läßt das Paar passiren. Während Sidonie elegant und strahlend, Risler gebückt und ein wenig linkisch abgeht, tritt Franz an Planus heran, der ihnen still nachsieht.)

Franz (Planus auf die Schulter klopfend). Nun, alter Planus! Ein Glückstag für Rislers Freunde! Du bist wohl auch zufrieden?

Planus. Nein. (Zwischen den Zähnen) Mir kommt's nicht richtig vor!

(Der Vorhang fällt.)

Zweiter Akt.

Risler's Wohnung in der Fabrik. Bürgerlicher, aber etwas greller Luxus. Rechts Kamin. Neben dem Kamin Sofa; auf derselben Seite, um eine Coulisse weiter vorne, zwei Fauteuils. Links ein Gueridon an der ersten Coulisse, daneben ein Stuhl; drei Thüren im Hintergrund; die mittlere als Entrée, die rechte in Sidoniens Zimmer, die linke in Risler's Cabinet führend. In der ersten Coulisse links eine andere, kleine Thür, die zur Kassa führt.

Erste Scene.

Sidonie. Ein Lehrling in auffallender Livrée.

(Sidonie in großer Frisur und Schmuck, aber noch im Morgen-Negligée.)

Sidonie (im Auftreten zurücksprechend). Vor Allem sagen Sie dem Portier, daß heute mein Empfangstag ist. Ich will, daß beide Thorflügel geöffnet werden, und daß die Wagen einfahren, genau wie an den Empfangstagen der Madame Fromont. (Sie bemerkt den Lehrling.) Sind Sie da, Sie? Vorwärts, drehen Sie sich um, lassen Sie sich ansehen. Nicht schlecht, für einen Lehrjungen. Die Livrée steht gut. Sie wissen, was Sie zu thun haben. Sie halten sich im Vorzimmer auf und melden Jedermann, der ankommt... Wissen Sie, wie Sie sich dabei zu benehmen haben? Wir wollen sehen. Melden Sie einmal Madame Lepage.

Lehrjunge (mit rauher gemeiner Stimme). Madame Lepage!

Sidonie (lachend). Eine wahre Lehrjungenstimme! Macht nichts! Postiren Sie sich im Vorzimmer. (Allein) Wo nur Risler bleibt? Er braucht eine Ewigkeit, um heraufzukommen. (Sie nähert sich dem Fenster.) Richtig, da steht er wieder still, um mit dem kleinen Kinde seiner angebeteten Madame Fromont zu spielen. (Sie klopft ungeduldig an die Scheibe.) Vorwärts! (Sich im Salon umsehend.) Ist auch Alles am rechten Platz? Ja, vielleicht zu sehr am Platz... Es sieht hier so unbewohnt aus. Man

muß diesen Möbeln etwas Leben und Bewegung geben...
Wie macht sie's nur da unten?... Richtig! Dieser Fauteuil
gehört in die Mitte... Auf den Tisch ein paar Albums
und illustrirte Blätter. (Die Thüre wird geräuschvoll geöffnet.)

Lehrjunge (ruft aus). Herr Risler senior.

Zweite Scene.
Sidonie. Risler senior.

Risler (verblüfft). Was geht denn hier vor? Was fällt
ihm ein? Er meldet mich bei mir selber an?

Sidonie. Nicht doch, es war ein Versehen. Treten
Sie ein...

Risler. Du hast mich gerufen, Schatz?

Sidonie. Ich habe Sie schon öfter ersucht, mein Lieber,
mich nicht zu dutzen. Das ist gegen den guten Ton.

Risler. Aber, wenn wir allein sind.

Sidonie. Auch dann nicht... Ich habe Sie gerufen, da=
mit Sie sich sogleich umkleiden... In Ihrem Cabinet ist
Alles bereit.

Risler. Mich umkleiden?

Sidonie. Ja wohl, es ist mein Empfangstag. Was sehen
Sie mich so verwundert an? Ja, mein Empfangstag, sage ich.
Madame Fromont hat ihren Empfangstag, und so kann ich
wohl auch den meinigen haben.

Risler. Freilich, mein Kind, freilich. (Er sieht beunruhigt um
sich.) Also darum überall Blumen, auf der Treppe, im Vor=
zimmer.

Sidonie. Ja, diesen Morgen hat sie das Mädchen im
Garten gepflückt. Habe ich Unrecht gehabt? Ich muß gestehen,
ich war der Meinung, die Blumen im Garten gehörten ebenso=
gut uns wie den andern...

Risler. Gewiß, gewiß!... aber doch hättest Du...
hätten Sie... vielleicht wäre es doch besser gewesen?

Sidonie. Um Erlaubniß zu bitten, nicht wahr? Ja, das
meinen Sie... Ich hätte mich erniedrigen sollen, um einige
elende Rhododendren... Ich sehe wohl, Sie werden es nie
dahin bringen, sich Ihrer neuen Stellung gemäß einzurichten.
Sie wollen um jeden Preis der Commis bleiben. Darum ver=
weigert mir auch hier Jedermann den Respect. Man grüßt

mich kaum, wenn ich vorübergehe. Freilich, ich bin keine Fromont, ich habe keine Equipage, kein Landgut, keine Villa . . .

Risler. Was die Equipage betrifft, so weißt Du wohl, daß Madame Georges Dir die ihre zur Verfügung gestellt hat.

Sidonie. Ich will ihren Wagen nicht . . .

Risler. Und wegen des Landhauses sei außer Sorge. Ich habe schon etwas in Sicht, ganz nahe von Paris, wie Du es wünschest. Denke Dir, Bonardel will mir sein Haus in Bougival um fünfzigtausend Francs überlassen. Georges kennt das Haus. Er sagt, es sei ein wahres, kleines Schloß. Wenn wir nur eine gute Bilanz haben . . . aber es sieht nicht darnach aus; Planus ist nicht zufrieden. Er läuft hinter seinem Gitter hin und her wie ein Tiger . . . Eben jetzt wollte ich mit ihm sprechen. Er machte: Hu, hu! und gab mir keine Antwort. Das ist ein böses Zeichen; aber laß es nur gut sein, Du sollst es doch haben, Dein Landhaus. Sobald ich gefunden, was ich suche . . .

Sidonie. Ach ja, Ihre Erfindung.

Risler (lachend). Ja wohl, Madame, meine Erfindung. Die soll Ihre Villa bezahlen.

Sidonie (lächelnd). Ich rechne darauf. Kleiden Sie sich jetzt nur um.

Risler. Wen erwartest Du denn eigentlich?

Sidonie. Alle Damen der Großindustriellen. Wie bei Madame Fromont . . .

Risler. So! . . . Wird sie auch kommen, — Madame Fromont?

Sidonie. Ich denke wohl!

Risler. Ah, das ist schön von ihr!

Sidonie. Wie? Schön von ihr? Das fehlte zuletzt noch, daß sie nicht käme. Gehe ich nicht jeden Mittwoch zu ihr und langweile mich? Aber jetzt rasch, ich muß Toilette machen. (Es klopft an der kleinen Seitenthür.)

Risler. Man klopft, das geht mich an, es ist Jemand aus dem Comptoir.

Sidonie. Sie werden sich wieder aufhalten . . .

Risler. Nein, sei ohne Sorge. Ich werde vor Dir fertig sein . . . (Er öffnet.) Ah! . . . Planus!

Sidonie (bei Seite). Immer dieser Kassier. Was will er schon wieder? (Sie geht langsam ab, indem sie sich nach Planus umsieht.)

Dritte Scene.
Planus. Risler.

Planus (abwartend, bis Sidonie sich entfernt hat). Ich habe Dir etwas mitzutheilen, etwas sehr Ernstes.

Risler. Was giebt's?

Planus. Du erinnerst Dich daran, was ich Dir neulich gesagt habe, daß mich George's Betragen beunruhigt, daß ich Störungen besorge, daß etwas mit ihm vorgeht... Ich weiß jetzt, was es ist.

Risler. Was denn?

Planus (halblaut). Es steckt eine Frau dahinter... Eine Frau ist schuld, daß er in Unordnung kommt, daß er sich um nichts mehr kümmert und daß die Geschäfte im Hause schief gehen.

Risler. Was fällt Dir ein?... Eine Frau!... Er, der sein Weib so liebt,... der so glücklich in seiner Häuslichkeit ist... Geh, Du bleibst ewig derselbe, mit Deinem Haß und Verdacht gegen alle Weiber... Die Geschäfte stocken, also muß ein Unterrock dahinter sein... Hör' auf, alter Weiberfeind!

Planus. Spaße nicht... ich habe Beweise. Man hat Monsieur Georges gestern mit einer Frau in einem der kleinen Theater gesehen.

Risler. Mit was für einer Frau?

Planus. Sie war nicht zu erkennen, weil sie sich in der Loge versteckt hielt.

Risler. Aber wer hat Dir das erzählt? Wer hat sie gesehen?

Planus. Zwei von unsern Oberaufsehern.

Risler. Fabriktratsch.

Planus. So? Fabriktratsch! Gut! Höre mich an. Ich will Dir etwas sagen, was kein Fabriktratsch ist. Georges, der übrigens schon seit geraumer Zeit fortwährend Geld aus der Kasse nimmt, ist heute zu mir gekommen und hat fünfzigtausend Francs von mir verlangt.

Risler. Ich hoffe, Du hast sie ihm gegeben?

Planus. Ich mußte wohl, da er der Herr ist... Aber wo sind sie hingekommen, diese fünfzigtausend Francs? Die Sache kommt mir nicht richtig vor.

Risler. Wo sie hingekommen sind? Das geht mich so wenig an wie Dich.

Planus. Nein, Du bist der Associé. Du hast zweifellos das Recht, Erklärungen zu verlangen, ihm Vorstellungen zu machen.

Risler. Du meinst, als sein Compagnon? Höre, Alter, das werd' ich niemals thun. Ich war nichts; er hat aus mir gemacht, was ich bin. Er ist ein Fromont, und ich — ich bin ein Risler. Und wenn er mich an den Bettelstab bringen wollte, so hätte er das Recht dazu und ich würde ihn gewähren lassen.

Planus. Gut denn; wenn Du so denkst...

Risler. Als Freund, — wenn das wahr ist, was Du mir erzählt hast, kann ich ihm vielleicht im Interesse von Madame Fromont einige Vorstellungen machen — aber — offen gesagt — ich glaube nicht daran... Nein... ich glaube nicht daran...

Planus. Nun, und ich, ich weiß es gewiß... Es steckt eine Frau dahinter... und ich werde sie ausfindig machen.

Vierte Scene.
Vorige. Sidonie.

Sidonie (erscheint in prächtiger Toilette; zu ihrem Mann). Wie? Sie sind noch immer da?

Risler. Ich habe noch lange Zeit, Du siehst, es kommt Niemand.

Sidonie. Man wird kommen, gehen Sie immerhin, sich umkleiden... Sie verzeihen, Herr Sigmund?

Risler. Entschuldige mich, mein Alter, es ist heute der Empfangstag meiner Frau.

Planus (verblüfft). Ah, Deine Frau hat einen Empfangstag... Gut, gut, ich gehe... (Er geht durch die kleine Thüre ab. Die große Thüre wird geöffnet.)

Sidonie (will nach der Thüre eilen, faßt sich aber und setzt sich). Ah, man kommt.

Risler. Ach mein Gott... und ich bin noch immer... (Er läuft auf sein Zimmer zu.)

Lehrjunge (meldend). Herr und Frau Ferdinand Chèbe.

Fünfte Scene.

Chèbe. Mme. Chèbe. Sidonie.

Sidonie (enttäuscht). Ah, Ihr seid es!
Chèbe. Ja, meine Tochter, nur wir!
Risler (zeigt sich). Ah, Sie haben mir Angst gemacht... Ich glaubte, es wäre Besuch.
Chèbe (wüthend). Ja, was sind wir denn, wenn wir kein Besuch sind?
Risler. Doch, doch, und willkommen obendrein. Und sonst, lieber Schwiegerpapa, geht's Ihnen gut?
Chèbe. Nein, es geht mir nicht gut. Die Verbannung tödtet mich.
Risler. Die Verbannung?
Chèbe. In Montrouge, Kaninchengasse. Meinen Sie, das sei keine Verbannung?
Sidonie. Das ist Deine Schuld, Vater. Du hast ein kleines Haus gewollt und Landluft für Deine Gesundheit. Wir haben es Dir gegeben.
Chèbe. Nun denn, ich habe es satt, Dein kleines Haus mitsammt der Landluft, den Vorstadtmauern und den Festungs=wällen... Deshalb komme ich eben, um mit Risler zu reden. (Er nimmt ihn unter den Arm.)
Mme. Chèbe. Welch' ein ewiges Wechselfieber! Immer ändern, immer ändern. Ich würde mich nie von der Stelle rühren. Ich befinde mich so wohl, wenn ich irgendwo bleiben kann. (Zu Sidonie) Aber, wie Du schön bist! Gehst Du aus?
Sidonie. Nein, ich empfange.
Mme. Chèbe. Da werden wir Dich geniren.
Chèbe (sein Gespräch mit Risler unterbrechend). Ja, ja, ihre Eltern geniren sie. Man sieht es ihnen an, daß sie uns satt haben. Darum haben sie uns verwiesen, hinaus nach Montrouge. Aber ich habe Montrouge satt. Ich bin nicht dafür gemacht, für diese beschauliche Existenz an der Gürtelbahn... Ich brauche Geräusch, brauche die Bewegung der Geschäftsviertel. Ich muß arbeiten, ich muß am Handel und Wandel theil=nehmen. Risler, wenn Sie nicht meinen Tod wollen, so werden Sie mir ein Magazin und einen Laden miethen.
Risler. Ein Magazin? Wozu?

Chèbe (sich erhitzend). Wozu ein Magazin? Wozu ein Laden? Weil ich Kaufmann bin, Herr Risler, Kaufmann und Kaufmannssohn, Herr Risler. O, ich weiß, Herr Risler, was Sie mir erwidern wollen. Ich habe kein Geschäft... Aber wer trägt die Schuld? Hätten die Personen, die mich in Montrouge eingesperrt haben, wie einen Mondsüchtigen in ein Irrenhaus, hätten sie den Verstand gehabt, mir das Kapital zu einer Unternehmung zu geben — (Die Thüre wird geöffnet.)

Sidonie (sich erhebend). Ah, endlich!

Lehrjunge (meldet). Herr Delobelle! (Sidonie setzt sich ärgerlich.)

Sechste Scene.
Vorige. Delobelle.

Chèbe (wüthend). Was will nur der schon wieder?

Delobelle (grüßt mit großer Geste). Meine Damen!... (Bei Seite). Das nenne ich grüßen.

Risler. Guten Tag, Freund; Sie machen sich selten bei uns.

Delobelle (leise zu Risler). Ich habe Ihnen eine gute Nachricht zu melden... Ich glaube eine vortreffliche Gelegenheit gefunden zu haben, um mit Glanz aufzutreten.

Risler. Ah, das freut mich. Wir werden ins Theater gehen, um Sie zu sehen. Und wer engagirt Sie?

Delobelle. Ich engagire mich selbst... und zwar in folgender Weise... Ein Theater ist zu verkaufen in einem neuen Stadt-Viertel, mitten in Paris, hinter den Markthallen.. Ein vortreffliches Geschäft, das ich Ihnen vorschlage. (Er zieht ihn seitwärts.)

Sidonie (neben ihrer Mutter sitzend, bei Seite). Niemand kommt, nicht einmal die Fromont! O, wenn sie mir das anthut!...

Chèbe (sich nähernd). Pardon, ich habe meinem Schwiegersohne zwei Worte zu sagen. (Er bemächtigt sich Rislers.) Mein Plan ist folgender. Ich miethe ein Magazin mit einem Straßen-Laden. Ich lasse an die Thüre mit fußhohen Lettern die Ankündigung nageln: „Commissions- und Exportgeschäft" — und dann wart' ich.

Risler. Ja, ja, — das ist eine Idee... Sie warten!

Delobelle (Risler wieder fassend). Hier haben Sie meinen Prospectus. Hören Sie aufmerksam zu.

Chèbe (in Wuth). Das ist zu stark!

Delobelle (den Zwicker auf der Nase, liest von sehr weit). „Wenn man den Zustand des Verfalles ruhig erwägt, zu dem die dramatische Kunst in Frankreich herabgesunken ist; wenn man den Abstand in Betracht zieht, welcher das Theater Molières von unserem . . ."

Chèbe (Rislers Arm fassend). Was ich in meinem Gewölbe verkaufen werde, braucht Sie wenig zu kümmern. Wir werden darüber seinerzeit sprechen. Mancher wird die Augen aufreißen.

Delobelle (den Prospectus in der Hand, zu Risler, dessen er sich wieder bemächtigt). Das Gute an dem Geschäfte ist für Sie, daß Sie keinen ersten Helden zu bezahlen brauchen . . . Unser erster Held, da steht er: Delobelle. Nun müssen Sie wissen, man bezahlt einen ersten Helden mit zwanzigtausend Francs . . . und da sie keinen ersten Helden zu bezahlen brauchen, so stecke ich Ihnen ganz einfach baare zwanzigtausend Francs in die Tasche. Das ist keine Combination, das ist ein Factum. Da stehen die Ziffern.

Chèbe. Nicht möglich, ein Wort zu sprechen. Wie wird man ihn nur los, den Schmarotzer?

Sidonie (von ihrem Platze aus zu Risler). Risler, gehen Sie denn nicht sich umkleiden?

Chèbe (lebhaft). Ja, freilich, Sie müssen sich ja umkleiden.

Risler (zu Delobelle). Sie sehen, mein armer Freund, ich bin eben sehr in Eile. Wir werden auf Ihre Idee zurückkommen. Sprechen Sie in meinem Comptoir vor, dieser Tage, nach der Bilanz.

Delobelle. Ueberlegen Sie's rasch; die Zeit drängt!

Chèbe. Schnell, Herr Schwiegersohn, schnell, kommen Sie. Ich begleite Sie! (Er schiebt ihn nach dem Zimmer und sagt zu Delobelle, indem er ihm die Thüre vor der Nase zuschlägt.) Sie entschuldigen, das ist das Vorrecht des Schwiegervaters.

Siebente Scene.

Sidonie. Mme. Chèbe. Delobelle.

Delobelle. Ah, diese Spießbürger! Er wird sich jetzt an ihn anklammern und ich komme nicht dazu . . . aber . . . für alle Fälle lasse ich ihm meinen Prospectus da . . . (Er zieht den Prospect aus seiner Tasche, legt ihn auf den Tisch und nähert sich den Damen.)

In der That, Madame, Sie haben da eine reizende Einrichtung. Wissen Sie, daß man hier sehr gut ein Salontheater aufschlagen könnte? Sie haben nie daran gedacht? Das ist schade. Ich habe Ihnen immer gesagt, daß in Ihnen das Zeug zu einer großen Schauspielerin war.

Sidonie. Schauspielerin? Gewiß nicht. Ich habe vielmehr daran gedacht, einige Gesangsstunden zu nehmen. Auch Madame Fromont singt und ich . . .

Delobelle. Dann habe ich etwas für Sie. Ich kann Ihnen eine ausgezeichnete Gesangslehrerin verschaffen. Madame Dobson, eine Dame, eine durchaus distinguirte Dame. Sie hat nicht viel Stimme, aber zum Singen ist heutzutag die Stimme ziemlich überflüssig . . . Was man braucht, die ist weniger die Stimme als der Vortrag, die Phrasirung, der Ausdruck. Ich zum Beispiel, ich habe gar keine Stimme, und ich habe das ganze Opern=Repertoire gesungen, mit immensem Erfolg . . . Ich habe sogar Schüler herangebildet, ganz bewunderungswürdige Zöglinge. Nur aus meiner armen Tochter habe ich nie etwas herausbilden können.

Mme. Chèbe. Apropos, Herr Delobelle, warum bringen Sie uns Desirée nie nach Montrouge hinaus? Sie kommt zu wenig ins Freie, das arme Kind! Ich habe sie das letzte Mal ziemlich bleich gefunden.

Delobelle (naiv). Ach ja, sie arbeitet zu viel. Ich fühle es wohl und bin trostlos darüber. Aber sie läßt sich nicht abhalten. Es ist eben meine Tochter, mein Blut. Sie kämpft auch mit für die heilige Sache der Kunst.

Achte Scene.
Vorige. Chèbe. Risler.

Chèbe (wüthet, die Haare zu Berge stehend, Risler läuft ihm nach, um ihn zu besänftigen und ist dabei bemüht, sich den Frack anzuziehen).

Risler. Chèbe . . . Chèbe . . .

Chèbe. Nein, lassen Sie mich, sage ich!

Mme. Chèbe (alarmirt). Mein Gott, was giebt es denn schon wieder? Wie kann man nur so unsinnig hin= und herlaufen?

Chèbe. Immer dieselbe Ungerechtigkeit, Gefühllosigkeit und Unterdrückung!

Risler (seinen Aermel suchend). Aber nein...

Chèbe. Man verweigert seinem Schwiegervater ein elendes Darlehen zu einem ernsten Unternehmen.

Risler (wie oben). Ich verweigere es nicht... ich sage nur, daß Sie warten sollen, bis wir sehen, wie die Bilanz ausfällt.

Chèbe. Und dabei läßt man seinen Salon vergolden, beschäftigt sich sogar damit, ein Theater zu gründen, o!
(Man läutet.)

Sidonie. Vater, ich bitte Sie... Man hat geläutet, es kommt Besuch.

Chèbe (mit bitterem Lachen). O freilich, Du bekommst Besuch, und da weisest Du uns die Thüre!

Sidonie (ohne ihm zuzuhören, zu ihrem Mann). Und Sie haben noch immer Ihren Frack nicht an.

Risler (unter fortwährender Aufregung). Ich finde den unglücklichen Aermel nicht. (Er geht ab.)

Sidonie. Ja, ganz recht, mein Lieber, kehren Sie zu Ihren Zeichnungen zurück... Es ist besser so.

Lehrjunge (meldet). Madame Georges Fromont!

Sidonie (mit einer unwillkürlichen Bewegung gegen ihre Eltern). Ah!

Chèbe. Komm', Frau, komm'... Du siehst ja, sie schämt sich unser.

Mme. Chèbe (erhebt sich mit Mühe). Gehen wir!

Sidonie (zu Claire). Nehmen Sie Platz, ich bitte...

Chèbe (zu Delobelle). Sie bleiben? Sie?

Delobelle. Nein, aber ich weiß zu leben, ich will die Damen grüßen. (Vortretend und sich vor Claire verneigend) Madame! (vor Sidonie) Madame! (Bei Seite im Abgehen) So hat seit Talma Niemand gegrüßt.

Neunte Scene.
Sidonie und Claire.

Sidonie. Wie spät Sie kommen! Ich habe freilich kein Recht, mich zu beklagen. Ich kann mich Ihnen jetzt wenigstens ganz widmen, während ich einige Minuten früher...

Claire. Ja, ja, ich habe gehört... Sie hatten viel Gesellschaft.

Sidonie. Außerordentlich viel Gesellschaft.

Claire (sich umsehend). Sie sind nun vollständig eingerichtet, um zu empfangen ... Es sieht hier sehr gut aus.

Sidonie. Wirklich? Finden Sie?

Claire. Ja, das Ganze macht eine gute Wirkung.

Sidonie. Das Ganze, ... aber die Einzelheiten? ... Sagen Sie mir aufrichtig Ihre Meinung.

Claire. Sie wollen es?

Sidonie. Ich bitte darum.

Claire. Nun gut. Ich finde, es ist ein wenig zu viel Vergoldung da, zu viel Flitter ...

Sidonie. Nicht wahr?

Claire. Mein Gott, ich weiß wohl, das bringt die Neuheit der Einrichtung mit sich. Aber man muß eine gewisse Harmonie herstellen zwischen seiner Umgebung und sich selbst. Da haben Sie zum Beispiel eine erdrückende Tapete, die gewisse Toiletten untersagt. Können Sie etwas Blaues nehmen inmitten dieses grellen Roth?

Sidonie (lächelnd, indem sie ihre Toilette betrachtet). In der That, ich habe Blau an meiner Toilette und obendrein viel Blau.

Claire. O, liebes Kind, es war nicht so gemeint ... Im Gegentheil, Ihre Toilette ist reizend.

Sidonie. Reizend? Ist nicht irgend ein Verstoß dabei? ... Ich brauche guten Rath, ich bin nicht ganz sicher.

Claire. Nein, ich versichere Sie, ich sehe nichts ... nur eine einfache Bemerkung.

Sidonie. Ah, — nun?

Claire. Sie sind ein wenig zu geputzt für eine Hausfrau. Es sieht fast aus, als ob Sie bei sich selbst zu Besuch wären. Das kommt besonders von Ihrer Coiffüre ... Sie gehen doch auf keinen Ball? ... Wozu alle diese Stockwerke von Haaren ... Ich verletzte Sie hoffentlich nicht ...

Sidonie. Nicht doch; ich habe Sie ja selbst gebeten.

Claire. Nun denn, warum haben Sie nicht die einfachen Bänder behalten, die Sie so gut kleiden. Glauben Sie mir, Sie sind hübsch genug, um natürlich bleiben zu können ... Auch würde ich Ihnen noch sagen, wenn ich dürfte ...

Sidonie. Sagen Sie es nur, sagen Sie es nur.

Claire (leise). Mit Augen wie die Ihren, wozu legen Sie noch Schwarz auf?

Sidonie. Schwarz? Ich wüßte nicht . . .

Claire (lachend). Sie scherzen. (Ernster und wärmer.) Sehen Sie, meine liebe Freundin, wir dürfen nicht vergessen, daß wir die Frauen von Kaufleuten sind, von reichen Kaufleuten allerdings, aber doch von Leuten, die arbeiten. Wir leben inmitten einer Welt von Anstrengung und Mühsal, unter Arbeitern, Leuten, denen das Leben sauer wird. Da müssen wir eine gewisse Einfachheit beibehalten.

Sidonie. Sie haben Recht.

Claire. Ich hätte Ihnen noch manche solche Kleinigkeit zu sagen . . . Aber ich sehe Sie nie. Sie gehen viel aus, (lächelnd) vielleicht ein wenig zu viel . . . Wir werden darüber diesen Sommer plaudern, denn ich hoffe, daß ich Sie eine Zeit lang auf dem Lande bei mir haben werde —

Sidonie. Es ist wahr, Sie reisen bald ab.

Claire. Freilich, wir reisen morgen und mit tausend Freuden, glauben Sie mir. Nach einem langen Pariser Winter, nach dieser Gefangenschaft im Qualm der Fabrik, thut's mir so wohl, nach Savigny zu kommen, in dem alten Park umherzustreifen, wo ich seit meiner Kindheit immer die nämlichen Blumen an der nämlichen Stelle finde, die Springbrunnen, die Rasenplätze, die Hecken, den ganzen grünen Teppich, in welchen die Erinnerungen meines Lebens eingewirkt sind.

Sidonie. In der That, es muß ein herrliches Gefühl sein, eine so schöne Besitzung zu haben wie die Ihrige.

Claire. Ich versichere Sie, daß ich in einem kleinen Winkel ebenso glücklich sein könnte. Was ich liebe, ist das Landleben überhaupt, wo man Zeit zu leben hat und Raum zu denken. In Paris hat man das Fieber, ein Fieber, das uns drängt, zu handeln ohne Zweck und zu reden ohne Gedanken. Ist man etwa Mutter in Paris? . . . Ist man hier Gattin? Für die Soiréen, die Gesellschaften, die Theater verlasse ich mein Kind, ehe es einschläft und erwache des Morgens erst spät nach ihm . . . Mein Mann ist mir täglich durch die Geschäfte geraubt, des Abends geht er in seinen Club. Den ganzen Winter haben wir nicht zehn Abende mit einander verbracht.

Sidonie (lebhaft). Wirklich?

Claire. Aber ich mache mir keinen Kummer; das Landleben giebt mir ihn zurück.

Sidonie. Ah, also liebt Herr Fromont ebenfalls das Landleben?

Claire. Das will ich meinen. Einmal in Savigny, ist Georges nicht mehr derselbe. Er wird fröhlich, jung, mit einem Schlag. Wie er den Eisenbahnzug verläßt am kleinen Bahnhof, wo ich ihn mit dem Wagen erwarte, ist's aus mit dem bösen Zauber; alle Sorge entflieht mit dem Dampf der Locomotive, die weiterbraust. Da gehört er ganz mir, nur mir und dem Kinde, das zwischen uns Beiden mit den kleinen, nackten sonngebräunten Füßchen strampft. Der Sonntag, die gute, süße Familienruhe, dauert einen ganzen Tag. Da haben wir lange Plauderstündchen in den Alleen, Spazierfahrten auf dem Teich, ein ewiges Fest...

Zehnte Scene.
Vorige. Georges Fromont.

Georges (draußen). Lassen Sie nur, ich trete ungemeldet ein.

Claire. Sieh da, Georges!

Georges. Ich habe mit Risler zu sprechen... Ist er nicht zugegen?

Sidonie. Doch... ich glaube, er ist in seinem Arbeitszimmer. Wenn Sie einen Augenblick verziehen wollen, so sehe ich nach. (Sie macht einen Schritt gegen die Thüre, zu Claire) Sie entschuldigen....

Claire (sich erhebend). Bitte! Ich muß Sie ohnehin verlassen; es giebt noch so viel vorzubereiten für die Abreise. (Zu Georges) Nicht wahr, mein Freund, Herr und Frau Risler müssen unbedingt einige Tage auf dem Lande bei uns zubringen?

Georges. O, natürlich...!

Claire (zu Sidonie). Abgemacht; ich rechne auf Sie... Nun aber fort... Auf Wiedersehn... Ich reise erst morgen Mittags. Wenn Sie eine Minute frei haben...

Sidonie (sehr verbindlich). Ich komme ganz gewiß, Ihnen Lebewohl zu sagen. (Claire ab, von Sidonie bis zur Thüre begleitet.)

3*

Eilfte Scene.
Georges. Sidonie.

Sidonie (die sich bis dahin zurückgehalten, ausbrechend). Ah! Endlich!

Georges. Was fehlt Ihnen?

Sidonie. Es war Zeit, daß sie ging. Ich hätte es nicht länger ertragen. O, wie hat sie mich erdrückt mit ihrem Glück, ihre stillen Freuden vor mir ausgekramt, ihre Reichthümer, ihre Rasenplätze, ihre Springbrunnen! Alle die Herrlichkeiten, die ich immer nur von der Straße aus gesehen wie ein Bettelweib. Wie ich ihr zuhörte, fiel mir meine Kinderzeit ein, als ich mit meinem Vater auf unsern traurigen Sonntagspromenaden vor dem Gitter des Schlosses stehen blieb, — es war ein Schloß mit einem herrlich frischen, schattenkühlen Park, — wie ich hineinschaute, gierig und getränkt, bedeckt vom Staube der Landstraße, schmachtend in der Sonnenhitze ... So war ich und so bin ich geblieben, verdammt, das Glück Anderer zu sehen, ohne mein Theil herausnehmen zu dürfen. Ah, es ist nur zu wahr: Die Armuth ist eine Schande, die man nicht los werden kann. (Sie stampft vor Zorn mit dem Fuße.)

Georges. Sehen Sie sich vor.... man könnte kommen und Sie hören.

Sidonie. Kommen? Wer sollte kommen? Kommt man denn zu mir? Heute ist mein Empfangstag. Seit vier Stunden warte ich. Ich habe Niemanden gesehen. O, doch! Meinen Vater mit seinen ewigen Klagen; Monsieur Delobelle, den alten Komödianten! die ganze lächerliche, drückende Umgebung, in die mich das Leben unaufhörlich zurückwirft, so oft ich versuche, ihr zu entfliehen. (Sie geht mit großen Schritten auf und ab.) Ja, ich hasse sie, diese Frau ... Welche Lust sie daran fand, mich zu erniedrigen mit ihren Belehrungen, ihren Ausstellungen, ihrer Kritik. Alles hat sie gemustert, meine Möbel, meine Toilette, mein Gesicht! Meinethalben! Ja, es ist wahr, ich habe keinen Geschmack, ich weiß mich nicht zu kleiden, ich überlade mich ... Aber ich werde geliebt und sie nicht ... denn Sie lieben mich, nicht wahr?

Georges. Ob ich Sie liebe! Sie wissen nur zu gut, daß

Sie mir mehr sind als Alles, mein einziges Sehnen und Denken.

Sidonie. Ist das auch wirklich wahr?... Sie behauptet, daß Sie auf dem Lande ganz merkwürdig zärtlich mit ihr werden... Eben hat sie mir voll Begeisterung erzählt, wie Sie stets nach Savigny zurückkehren, welch' vertrauliche Ausflüge Sie machen und wie Sie in zärtlichem Eheduett mit ihr rasch Paris vergessen sammt allen denen, die Sie dort zurücklassen.

Georges (flüsternd). O, nicht mehr, nicht mehr! Das war nicht und ist nicht. Sie malen da ein Bild der Vergangenheit.

Sidonie. Diese Vergangenheit ist noch so nah, so gegenwärtig... Nein! Dieses idyllische, paradiesische Landleben erschreckt mich. Sie ist zu sicher, Sie dort wieder in ihre Gewalt zu bekommen. Ich will nicht, daß Sie hingehen. Was müßte jetzt aus mir werden, wenn ich Sie verlieren sollte?... Sie werden nicht hingehen, nicht wahr, Georges? Sagen Sie, daß Sie nicht hingehn!

Georges. Das ist unmöglich, Sidonie. Sie sehen es ja selber ein... Das Leben hat gewisse Gesetze...

Sidonie. O, wie glücklich wird sie sein... (Mit gedämpfter Stimme.) Es muß so gut sein, zu Zweien unter den Bäumen des Parks umherzustreifen, die Düfte einer Maiennacht zu schlürfen, leise zu flüstern im Schatten der Laubgänge, Hand in Hand, ohne andere Stütze, als einen geliebten Arm, der in dem unsern zittert, ohne anderes Licht, als zwei liebeglühende Augen, die uns ganz nahe betrachten. O mein Freund, warum konnte ich unserer Liebe diesen reizenden Hintergrund einer schönen Natur nicht geben? Ich fühle es: Sie hätten mich dann inniger geliebt!...

Georges (leise). Ich nicht.. Sie vielleicht, ich nicht...

Sidonie. Aber nein. Dieser Traum ist unmöglich... (Sie steht auf, macht einige Schritte, dann um sich blickend mit einem bittern Lächeln) Ich werde hier einen herrlichen Sommer zubringen... Ein wohlthuendes Gefühl für mich, Sie täglich abreisen zu sehen und zu denken, wie Sie draußen erwartet werden, während ich meine Abende hier allein verbrüte in der erstickenden Luft des sommerlichen Paris, des Paris der Armen... Ha!...

Georges. Aber Sie sollen nicht hier bleiben... Sie sollen auch Ihr Landhaus haben, ein trauliches, hübsches Nest, wo ich Sie oft besuchen werde.

Sidonie. Wie soll ich zu einem Landhaus kommen?
Georges. Wie? Durch Ihren Mann.
Sidonie. Er kann nicht!... Er hat kein Geld!
Georges. Er muß Ihnen ein Landhaus schenken.
Sidonie. Wie wäre das möglich?
Georges. Das werden Sie gleich sehen. (Er ruft) Risler
... Risler!...

Zwölfte Scene.
(Georges. Sidonie. Risler.)

Risler (lächelnd). Sie sind's, Georges — Ich wußte nicht, wer da ist. (Er betrachtet Sidonie.) Was hast Du, Schatz?... Du siehst ganz aufgeregt aus... gewiß, weil Du keine Besuche hattest. Das ist kein Wunder. Es ist das erste Mal, daß Du empfängst.

Georges. Und außerdem ist die Saison schon sehr vorgerückt; alle Damen sind entweder auf dem Lande, oder im Begriff abzureisen.

Risler (lachend). Still! Still! Sagen Sie das nicht vor ihr; sie ist schon unglücklich genug, daß sie nicht auch auf's Land ziehen kann. Anfangs dachte ich daran, ihr das Bonnardel'sche Landhaus zu kaufen.

Georges. Ja, Sie haben mir davon erzählt, das wäre ein vortheilhafter Kauf. Was hält Sie ab?

Risler. Zum Teufel, die Bilanz. Planus sagt, sie werde nicht gut ausfallen.

Georges. Ach, kümmern Sie sich nicht darum. Planus ist niemals zufrieden. Er möchte immer Millionen von Ueberschüssen haben. Am Ende können wir uns nicht beklagen, und für das erste Jahr unserer Association ist das Resultat ganz hübsch.

Risler. Die Bilanz ist fertig? Nun?

Georges. Wir haben uns in hunderttausend Francs zu theilen.

Risler. Hunderttausend Francs!... Ist's möglich?... Aber nach dem furchtbaren Gesicht, das Planus machte, habe ich eher Verlust als Gewinn erwartet.... ich habe nicht einmal gewagt, ihn zu fragen.

Georges (lebhaft). Sie brauchen gar nicht mehr mit ihm darüber zu sprechen. Wir hatten Baarbeträge liegen. Ich habe Ihr Theil behoben und bringe es Ihnen. Hier fünfzigtausend Francs.

Risler. Fünfzigtausend Francs!... Also für mich haben Sie von Planus das Geld verlangt?

Georges. Natürlich! Ich dachte an das Landhaus...

Risler. Ah! Wie merkwürdig! Was! Höchst merkwürdig!... Denken Sie sich, daß Planus... Sie werden ihm nicht böse sein... Sie kennen seine Manie, überall Weiber zu wittern... Also, denken Sie! Der arme alte Narr hatte sich eingeredet, diese fünfzigtausend Francs wären für eine... Hm... bestimmt... für eine... (leise) für eine gewisse Dame! Ist das spaßig, was? Schnell, schnell! Wir wollen keinen Augenblick verlieren... Ich eile augenblicklich, Bonnardel zu verständigen. (Sidonie bringt ihm Schreibzeug; Planus erscheint in der kleinen Thür.)

Dreizehnte Scene.
Vorige. Planus.

Planus. Ist's erlaubt? (er tritt ein) Meine Herren, ehe ich die Kasse schließe, wollte ich Ihnen den Abschluß der Bilanz vorlegen!

Georges (nimmt das Papier, welches Planus hinstreckt). Es ist gut, Planus. Ich habe Herrn Risler mit der Situation bekannt gemacht.

Risler (lachend). Ja, ja, ich weiß Alles. Alter, schlauer Fuchs, Du! Habe ich Dir nicht gesagt, daß ich nicht daran glaube an Deine Weibergeschichten? Weißt Du, für wen sie waren die fünfzigtausend Francs, die Dich so erschreckt haben? Für mich waren sie, mein Antheil am Gewinn, den Georges voraus behoben hat, um mir eine Ueberraschung zu bereiten.

Planus (verblüfft). Wo... Was...?

Georges (versucht ihn fortzubringen). Freilich... freilich...

Risler. Geh', Du Lästerzunge! Warte,... um Dir eine Lection zu geben, sollst Du mir den Brief an Bonnardel schreiben. Melde ihm, daß ich ihm sein Haus in Bougival abkaufe] und daß ich ihn morgen Mittags beim Notar erwarte. Ah! das war ein Schlag, eine Ueberraschung! Ich muß Luft schöpfen... Wollen wir ein wenig in den Garten, Georges? Komm', Sidonie... willst Du?

Sidonie. Gern! (Sie folgt den Beiden, indem sie Planus betrachtet.)

Vierzehnte Scene.
Planus (allein); dann Sidonie.

Planus. Was war das? Was geht hier vor? Bin ich ein Narr?... Er bekennt Risler fünfzigtausend Francs Gewinn-Antheil, während er weiß, daß wir im Verlust sind? Wozu diese Lüge?.. (Lange Pause.) Ha!.. Die Frau... die Frau, welche mit ihm gesehen wurde... die sich verborgen hielt. Das wäre... Ja wohl, sie ist es, — keine Andere. Jetzt sehe ich klar... Aber das ist eine Schändlichkeit... Das kann nicht sein. Ich werde Risler sagen, daß die Bilanz falsch ist. Ja, ja, das ist meine Schuldigkeit. (Pause.) Aber dann... dann wird er begreifen, wie ich es begreife, daß seine Frau ihn betrügt mit seinem Compagnon, mit seinem Freund! Nein, nein, das kann ich nicht, das werde ich nie über mich bringen... Nur Einer kann da helfen: Franz, sein Bruder. Er muß kommen, ich will ihm schreiben.

Sidonie (erscheint im Hintergrunde). Nun, Herr Planus, haben Sie geschrieben?

Planus (mit furchtbarem Ausdruck, die Zähne knirschend). Nein, Madame, aber ich werde schreiben.

(Der Vorhang fällt.)

Dritter Akt.

Sidoniens Landhaus in Bougival. Großer Parterre-Salon mit Thüren auf eine Veranda. Große offene Thüren rechts und links. Die Hauptthüre sehr weit. Links vorne Canapé. In der Mitte Gueridon, Stühle zu beiden Seiten. Rechts, vorne ein Piano. Hinten ein großer Schaukel-Fauteuil. Sidonie mit kleinem Hütchen, kurzem Kleid, eleganten Canotieren (Ruderer)-Toilette.

Erste Scene.

Sidonie. Mme. Chèbe. Chèbe. Georges. Mme. Dobson.

(Sidonie steht rechts vor dem Piano, an welchem die Gesanglehrerin sitzt; links vor einem Tischchen sitzt Mme. Chèbe und macht den Speisezettel. Im Hintergrunde liegt Mr. Chèbe, einen riesigen Panamahut auf dem Kopfe, der Länge nach, auf einem amerikanischen Fauteuil hingestreckt. Er hält ein großes Journal, das seinen Kopf ganz unsichtbar macht. Georges raucht auf der Veranda, geht ungeduldig ein und aus.)

Mme. Dobson. Versuchen wir jetzt ein neues Lied: „Springfluten". Sehr hübsch. Ich habe es in Amerika singen gehört.

Sidonie. Wie? Dort war es schon bekannt?

Mme. Dobson. Ei freilich. Unsere Yankees sind in allen musikalischen Novitäten voran.

Sidonie. Liebt man denn dort die Musik so sehr?

Mme. Dobson. Nicht die klassische; aber die Chansonnetten und die Couplets machen dort Furore. In San Francisco giebt es ein Café-chantant, das prächtiger ist als hier die große Oper ... O meine Liebe, wenn eine Pariserin dahin käme mit einer etwas auffälligen Toilette, einigen Juwelen und nur einem dünnen Zwirnsfaden von Stimme, die könnte einen riesigen Erfolg haben ... Also, angefangen: Eins, zwei ...

Lied.

(Ein leichtes, französisches Couplet — nur eine Strophe.)

Mme. Dobson. Charmant, charmant. Nur ein etwas lebhafteres Tempo. Es sind Sechzehntel, so: (Sie singt mezza voce.)

. . . .

Georges (seine Cigarre in den Garten schleudernd). Abscheulicher Geschmack! Dergleichen gehört in ein Café-chantant.

Mme. Chèbe. Also als Entrée: Sol à la normande... Und nachher Mailänder Filets, doch ich glaube, Herr Risler ißt sie nicht gerne. (Zu Sidonie) Sidi, sag' einmal, ißt Dein Mann gern Mailänder Filets?

Sidonie. Mein Mann? Mailänder Filets?... Woher sollte ich das wissen?... Seltsame Frage! Was geht das uns auch an? (Sie zischelt mit Mme. Dobson. Beide lachen auf.)

Mme. Chèbe (zu Fromont, der ein wenig vorgetreten ist). Und Sie, Herr Georges, haben Sie Mailänder Filets gern?

Georges (auf und abgehend). Was Sie wollen, Madame.

Mme. Chèbe. Also bleibt es dabei.

Mr. Chèbe (schaut gereizt und majestätisch hinter dem Journal hervor). Nun, und ich? Ich werde nicht gefragt, ob ich Filets gern esse?

Mme. Chèbe. Aber wir wissen ja, daß Du sie gern hast.

Chèbe. Gut, gut! Ich bin an diese Vernachlässigung gewöhnt, seitdem ich bei meiner Tochter in Bougival wohne... Jedermann hat hier zu befehlen: nur ich muß mich drücken... Drücken wir uns denn. (Er streckt sich gemächlich aus.)

Mme. Dobson (zu Sidonie). O, ganz sicher gehe ich wieder hinüber. Sehen Sie, eine Frau, die Sinn für Unabhängigkeit hat, die das Unvorhergesehene liebt, kann eigentlich nur in Amerika existiren... Für Sie wäre das eine Existenz!... Allen Launen die Zügel schießen lassen und dahin stürmen durch's Leben.... O, wenn Sie der Zufall in andere Verhältnisse gebracht hätte!... Welch' rasenden Erfolg Sie dort hätten, mit dieser Pariser Vollblut-Art zu reden, zu gehen, sich zu kleiden. Sie hätten Californien in Brand gesteckt.

Sidonie (lachend). Schmeichlerin!

Mme. Dobson. Wahrheit! Ich versichere Sie...

Georges (der sich dem Piano genähert, spricht Sidonie leise und flehend an). Sidonie!

Sidonie. Was giebt's?... Was haben Sie? Sie schneiden heute so finstere Gesichter.

Georges. Sie wollen mir also keine Minute schenken? Soll ich meinen Sonntag so zubringen? Ist das der Sommer, den Sie mir versprochen haben?

Sidonie. Was wünschen Sie denn noch? Sie können mit uns rudern; ich habe mir ein neues Costüm machen lassen, eigens für Sie. Sehen Sie doch.

Mme. Dobson. Sie sieht reizend aus. Nicht wahr, Herr Fromont?

Georges. Nein, Madame, ich finde, daß Sie das Costume schlecht kleidet. Es ist viel zu excentrisch.

Sidonie. Gehn Sie, Sie sind nun einmal in schlechter Laune. (Zu Madame Dobson) Fangen wir wieder an.

(Lied wie oben, eine Strophe.)

Zweite Scene.

Vorige. Delobelle (erscheint hinten auf der Terrasse).

Delobelle. Nein, Kinder, das ist nicht das Rechte. (Er tritt ein, barhaupt, in excentrischer Sommertoilette, mit eleganter Handtasche und in Gamaschen bis über's Knie.)

Mme. Chèbe (ihn anhaltend). Und Fräulein Desirée, Herr Delobelle? Wo haben Sie sie gelassen?

Delobelle. Im Garten draußen. Sie ist nicht fortzubringen. Freilich! Ein Tag auf dem Lande! Armes Kind! So gut ist es ihr seit zehn Jahren nicht geworden. (Er geht auf's Piano los.) Sehen Sie, meine gute Dobson, Sie lassen Ihren Zögling viel zu viel singen. Sie halten nicht genug auf den Ausdruck. Tonbildung, Ansatz, Stimme: das sind nicht die Hauptsachen. Spielen muß man, agiren, in der Situation sein, darin steckt die Wirkung. Was geht eigentlich vor in dem Liede, das Sie da singen? Nicht wahr, ein junges Dämchen wird von einem eleganten Herrn verfolgt und geneckt, sie wehrt sich, sie sträubt sich, sie wird böse;... Pardon, wie lautet der Text? (Er nimmt das Notenheft, steckt das Lorgnon an und declamirt.)

(Text der ersten Strophe, mit Uebertreibung vorgetragen.)

Sie sehen, ich singe gar nicht. Ganz überflüssig zu singen. Ich singe mit meinen Augen, die blitzen, mit meinen Haaren, welche fliegen, mit meinen Händen, die sich winden.

(Er liest eine Zeile der zweiten Strophe.)

Die Stelle ein wenig piquirt... Würdevoll! Verstehen Sie, würdevoll! Versuchen Sie es einmal so, Madame!

Sidonie (wiederholt in Recitativweise.)

Delobelle. Vortrefflich. (Zu Mme. Dobson) Man muß ihre Anlagen nur richtig entwickeln. Sie haben es mit einem declamatorischen Talent zu thun. Sie hat Künstlerblut in den Adern.

Chèbe (steckt den Kopf über seinem Journal hervor). Was wollen Sie damit sagen, Herr? Vergessen Sie nicht, daß kein Chèbe jemals den Fuß auf eine Bühne gesetzt hat.

Delobelle. Desto schlimmer, mein Herr! Ich rühme mich, sie nie verlassen zu haben.

Chèbe. Nie verlassen? Seit fünfzehn Jahren sind Sie ohne Engagement.

Delobelle (wie oben). Mein Herr!

Chèbe (grimmig). Mein Herr!

Mme. Chèbe. Aber, Ferdinand, streite doch nicht. Wir sitzen so friedlich beisammen.

Sidonie (zur Dobson). Schließen Sie das Piano, meine Liebe! Es ist keine Möglichkeit, hier zu studiren. Auf's Wasser also, wenn's gefällig ist. (Zu Delobelle) Sie rudern, Herr Delobelle?

Delobelle. Madame, ein Schauspieler muß Alles können. Ich tanze, ich fechte, ich reite...

Sidonie. Ich frage, ob Sie rudern?

Delobelle. O, Madame! Ich habe zweihundert Mal hintereinander in Perpignan den Pietro in der „Stummen von Portici" gespielt, und das ist etwas schwerer als in Bougival einen Kahn zu rudern!

Sidonie (zu Delobelle). Dann nehme ich Sie mit. (Im Vorübergehen zu Georges.) Sie kommen nicht?

Georges. Also wirklich, Sidonie, Sie wollen in dieser Carnevalstracht ausgehen?

Sidonie. Sie sind langweilig, mein Lieber, mit Ihren Bemerkungen. Sie haben entschieden zu viel vom Ehemann an sich. Kommen Sie? Nein? Gut, nach Ihrem Belieben. (Sie ruft in den Garten hinaus) Die Schlüssel zum Kahn! die Ruder! (Sie steigt singend die Terrasse hinab.)

Georges (mit ohnmächtiger Wuth). O, ich bin ein Elender! (nachrufend) Sidonie, warten Sie, ich komme! (Ab.)

Dritte Scene.

Chèbe und Mme. Chèbe.

Chèbe (erhebt sich, kommt nach dem Vordergrund, legt das Journal zusammen und steckt es in die Tasche). Was ist das für eine Gesellschaft für unsre Tochter! Sich dem Publikum zu zeigen mit einem Komödianten und einer Sängerin, die sie zu ihrer Freundin macht. — Was hat er hier zu suchen, dieser Delobelle... mit seinem ewigen Theater? Du wirst sehen, am Ende kauft ihm Risler ein Theater... Wenn ich denke, wie ich ihn bei den Haaren dazu ziehen mußte, mir ein elendes Magazin zu miethen.

Mme. Chèbe. Worüber beklagst Du Dich? Jetzt hast Du es, Dein Magazin, aber Du bist nie darin zu sehen.

Chèbe. Weil ich darin ersticke. Ich bin nicht geschaffen für das eingesperrte Leben, für diesen sitzenden Handel. Ich brauche Thätigkeit, Bewegung, ein gehendes, fahrendes Geschäft. (Er geht mit großen Schritten auf und ab.) Und dann war unsre Anwesenheit hier nicht nothwendig? In diesem Sumpf von einem Hause, wo die Schmarotzer wie die Frösche quaken, bei dem Leichtsinn Deiner Tochter...

Mme. Chèbe. Dem Leichtsinn meiner Tochter!

Chèbe. Ja, wohl verstanden, dem Leichtsinn Deiner Tochter. Dieser Herr Georges macht sich hier zu viel zu schaffen.

Mme. Chèbe. Was redest Du da? Hast Du nichts Besseres zu thun, als Einen mit solchen Erfindungen aufzuregen? — Mit Dir kann man keinen Augenblick in Ruhe bleiben.

Chèbe. O freilich, Du siehst nichts, Du! Du betäubst Dich in dem Bischen Wohlleben. Ich sage Dir, dieser Herr Fromont kommt zu fleißig hieher.

Mme. Chèbe. Daran ist vielleicht etwas Wahres. Du hast Recht. Sidonie ist zu kokett mit dem Compagnon.

Chèbe. Kokett? Das habe ich nicht gesagt.

Mme. Chèbe. Wie? Das hättest Du nicht gesagt?

Chèbe. Nein; ich habe nicht behauptet, daß Sidonie kokett wäre. Und wenn sie es wäre? Geht das uns an? Unsre Tochter ist verheiratet; ihrem Mann, der um so viel älter ist als sie, steht es zu, ihr zu rathen, sie zu leiten. Hat er daran auch nur gedacht? Nein. Er weiß von gar nichts, er mischt sich in gar nichts, er geht aus und ein wie ein Gast, man sieht ihn nie und hört ihn nie. Wo ist er in diesem Augenblick? In irgend einem Dachzimmer, bei der Arbeit, er der Prinzipal, und am Sonntag! Wenn es aber einmal schief geht...

Mme. Chèbe. Sage, was Du willst, Sidonie ist sehr unklug. Jetzt wird's mir klar. Ich fürchte, daß man über sie sprechen wird.

Chèbe (entrüstet). Ueber sie sprechen? (Er tritt einen Schritt zurück.) Madame, ich heiße Ferdinand Chèbe.

Mme. Chèbe (erschrocken). Natürlich, ich weiß ja....

Chèbe. Ich heiße Ferdinand Chèbe, ich bin seit dreißig Jahren auf dem Platz bekannt und ich kann nicht zugeben, daß man es wagt, über meine Tochter zu sprechen.

Mme. Chèbe. Aber am Ende, lieber Mann, müssen wir doch...

Chèbe (will gehen). Nein, sag' ich, ich kann das nicht anhören. (Er kommt wieder nach vorn und nimmt die Zeitungen vom Tisch.)

Mme. Chèbe. Die andern haben Sie noch nicht gelesen..

Chèbe. Ist mir gleichviel. (Im Abgehen) Ueber meine Tochter sprechen! Ueber eine Chèbe! (Er geht majestätisch durch die Hauptthüre ab.)

Vierte Scene.

Mme. Chèbe; später Desirée.

Mme. Chèbe (dreht sich um und sieht ihn nicht mehr). Ah, da ist er schon wieder fort. Wahrhaftig, dieser Mann ist der ewige Jude.

Desirée (kommt, Blumen in der Hand). Ah, mein Vater ist fort!
Mme. Chèbe. Ja, mein Kind, er macht mit den Damen eine Wasserfahrt. Wollen Sie nicht folgen?
Desirée (setzt sich, die Blumen in den Schoß legend). Danke, nein; ich bin ein wenig müde. Ich bin nicht gewohnt viel zu gehen.
Mme. Chèbe. Es ist wahr, arme Kleine, Sie kommen nicht viel aus dem Haus. Sie führen ein trauriges Leben.
Desirée. O nein, ich versichere Sie.
Mme. Chèbe. Immer eingesperrt sein, immer sitzen. Freilich, darin liegt's nicht. Ich bewege mich auch nicht gern. Aber Sie sind so allein.
Desirée. Ich habe meine Zerstreuungen. Ich rücke der seligen Mama großen Lehnstuhl an's Fenster und bei der Arbeit sehe ich nach den Dächern, nach den Fenstern der Nachbarn, und interessire mich für die Leute, die auf der Straße unten vorübergehn. Alle sind meine Freunde, ohne daß sie es wissen; ich kenne sie, ich weiß, wohin sie gehen, um welche Stunde sie zurückkommen, und dann, wenn wir auch im fünften Stock wohnen und die Treppe ziemlich dunkel ist, so habe ich doch eine freundliche Besucherin, die sich Hoffnung nennt und die von Zeit zu Zeit zu mir hinaufsieht. Da träume ich einmal, daß mein armer Vater ein Engagement findet, daß Diejenigen, die ich liebe, glücklich sind, und so manches Andere.
Mme. Chèbe (kopfschüttelnd). Es war doch fröhlicher für Sie, als wir Alle zusammen auf demselben Gange wohnten, Chèbe's, Risler's.... Wie doch Alle jetzt so weit auseinander sind.
Desirée (seufzend). Ja....das ist wahr....Weit auseinander!....
Mme. Chèbe. Der brave Franz! Erinnern Sie sich, wie gefällig und liebenswürdig er war? Der muß Ihnen recht abgehn. Abends, wenn Sie mit Ihrer armen Mama bei der Arbeit wachten, kam er und setzte sich zwischen Sie Beide und las Ihnen vor. Es ist doch kurios. Ich habe mir vorgestellt, das müsse mit einer Heirat enden.
Desirée. Eine Heirat!
Mme. Chèbe. Was wäre daran so Merkwürdiges? Ich war nicht die Einzige, die daran dachte. Ich weiß noch Jemand.
Desirée (das Gesicht auf die Blumen gesenkt). Noch Jemand?

Mme. Chèbe. Ja, Herr Risler, unser Schwiegersohn. Er hat mir oft davon gesprochen. Es hätte ihn glücklich gemacht.

Desirée (sich aufrichtend). O, Herr Franz hat nie an mich gedacht.

Mme. Chèbe. Glauben Sie?... Und doch, im vorigen Jahre, auf Sidoniens Hochzeit, war er ganz auffallend um Sie beschäftigt. Er hat Sie den ganzen Abend nicht verlassen. Und wenn er nicht in Ihrer Nähe war, so ließ er Sie doch nicht aus den Augen... Wie glücklich war der ältere Risler darüber! Sehen Sie nur, Madame Chèbe, sagte er zu mir, indem er mir seinen Bruder zeigte, der am andern Ende des Salons in Bewunderung vor Ihnen stand. (Einen Schrei ausstoßend). Himmel was ist das? Sehen Sie sich um! Dort in der Thür?! (Sie erblickt Franz in der Vorhalle, von der offenen Thüre umrahmt.)

Fünfte Scene.
Vorige. Franz (eintretend).

Mme. Chèbe (aufstehend). Franz, lieber Freund! Ist es möglich? Wie? Sind Sie's? Woher kommen Sie? (Sie drückt ihm die Hände.)

Franz (ernst). Ich komme von Egypten. Wo ist mein Bruder?

Mme. Chèbe. Er ist hier. (Sie zeigt auf Desirée, die verwirrt dasteht). Nun, Desirée! Es ist Franz, unser Freund Franz. Sie sagen ihm nichts? Sie stehen da wie eine Salzsäule! Na, na, was hat sie denn nur? — Sie ist so blaß. (Sie läuft auf sie zu.)

Franz (einen Schritt gegen sie). Desirée!

Desirée. O, es ist nichts... Der Duft dieser Blumen, den ich zu lange eingeathmet, hat mich betäubt. (Sie verbirgt ihr Gesicht in die Hände.)

Mme. Chèbe. Nun wohl, ich gehe, die Anderen zu benachrichtigen, Risler aufzusuchen. Die Freude! Die Ueberraschung! (Sie geht ab.)

Sechste Scene.
Franz. Desirée. (Lange Pause.)

Franz (setzt sich neben Desirée, welche die Hände fortwährend vor den Augen hält, und deren Erregung nur an den Wogen ihres Busens zu erkennen ist. Er zieht ihr sanft die Hände weg und behält sie in der seinen). Sie haben mich also nicht vergessen? Macht es Ihnen wirklich Freude, mich wiederzusehen?

Desirée. O ja!

Franz. Nun denn, ich schwöre es Ihnen... Sie können es niemals fühlen, wie wohl es mir gethan hat, in dem Gemüthszustande, in dem ich mich befinde, beim ersten Schritt über diese Schwelle Ihr liebes, treues, redliches Gesicht zu sehen, den kindlichen Augen zu begegnen, die niemals gelogen haben.

Risler (im Hintergrunde). Wo ist er? Wo ist er?

Siebente Scene.
Vorige. Risler.

Risler. Franz! Mein Franz!

Franz. Bruder!

Risler. O, bin ich froh! Bin ich froh! Aber wie ist das gekommen? Du hast mir nichts von Deiner Ankunft geschrieben... Geht etwas vor?.. Es giebt doch kein Unglück für Dich — da unten in Egypten?

Franz. Nein, dort gab es kein Unglück.

Risler. Was bringt Dich also nach Frankreich? Solltest Du Dich entschlossen haben, mit uns zu leben und... (er bemerkt Desirée) Am Ende soll mein Plan... Du weißt ja? (Er sieht Eines nach dem Andern an und lächelt.)

Desirée (im Gehen). Meine Bouquets sind fertig. Ich will sie ins Wasser stellen. (Sie athmet tief auf.) Ah! Es ist merkwürdig, wie die Blumen heute duften. (Ab.)

Risler. Umarme mich noch einmal, Bruderherz! Ah, welch ein Freudentag! Das heiße ich eine Ueberraschung. Denke Dir, ich stecke da oben in meinem Zimmer, eingesperrt seit frühem Morgen, um die letzten Bestandtheile meines Modells zusammenzustellen. Du weißt ja, ich hab's, ich bin fertig. O, Brüderchen, das wird ein Prachtding! Eine rotirende Farbendruckerei, rotirend und bodekagonisch, mit der man in Einem Radschwung ein Muster in zwölf bis fünfzehn Farben drucken kann: Roth in rosa, dunkelgrün auf lichtgrün, ohne daß eine Linie die andere berührt, ohne daß eine Farben-Nuance in die andern überfließt. Verstehst Du das, Bruderherz? Ein Mechanismus, der künstlerisch arbeitet wie ein Mensch, eine Revolution im Tapetenfach! ... Du sollst sehen, daß wir Alle unser Glück damit machen. Du kannst Dir denken, wie stolz ich darauf sein werde, den Fromonts einen Theil von den Wohlthaten zurückzuzahlen, die sie mir erwiesen haben.

Franz (bei Seite). O goldenes, treues Herz! Ist es möglich, ein solches Wesen zu betrügen! (laut) Hast Du sie aber wirklich gefunden, Deine Farbendruck=Maschine, oder suchst Du noch? Denn bei Euch Erfindern....

Risler. Gefunden? Bis auf den letzten Nagel! Da oben habe ich schon mein kleines Modell im Gang. Ich will Dir's zeigen. Du begreifst: ich habe das Modell nicht in der Fabrik machen lassen. Es ist eine Ueberraschung für Georges.

Franz. Eine Ueberraschung! (bei Seite) Armer Mann!

Risler. Siehst Du, mich hat der liebe Gott in der That mit seinem Segen überhäuft. Ich habe einen Compagnon, der wie ein Bruder für mich ist. Die Geschäfte gehen herrlich. Ich habe bei dem ersten Jahres=Abschluß fünfzigtausend Francs Gewinn für meinen Theil gehabt. (Franz macht eine Bewegung.) Ja wohl, mein Lieber, fünfzigtausend Francs, ein hübsches Sümmchen für ein erstes Jahr.

Franz (für sich). O, dieses Weib! Dieses Weib! Zertreten will ich sie.

Risler. Dazu ist mir das lieblichste Geschöpf zum Weib beschieden. Ich habe eine reizende Häuslichkeit. Meine Frau leitet Alles, ich brauche mich um gar nichts zu kümmern. Du siehst, welchen Styl und Schnitt Alles bei uns hat. Sie ist merkwürdig, diese Sidonie — und wie sie singt — und welche Toilette sie macht! O, sie macht mir Ehre!

Franz (sich umwendend). Schrecklich!

Risler. Nur Eines thut mir weh — das Benehmen, welches Planus seit einiger Zeit gegen mich angenommen. Ich weiß nicht, was der alte Starrkopf hat ... er schmollt, er meidet mich, er redet nicht mehr mit mir. Ich habe eine Verständigung mit ihm versucht. Nicht möglich! Was hat er gegen mich? — Sidonie behauptet, er wäre neidisch wegen meiner neuen Stellung. Sie sagt, es nagt an ihm, einen gewesenen Collegen als Vorgesetzten zu haben — ich kann's nicht glauben. — Eine zwanzigjährige Freundschaft! Genug, ich versteh' es nicht. Hast Du ihn schon gesehen, Franz?

Franz. Ja, diesen Morgen bei meiner Ankunft; er hat mir gesagt, daß ich Dich hier treffe.

Risler. Hat er Dir nichts gesagt? Dir nicht angedeutet, was er gegen mich hat?

Franz. Nein.

Risler. Es ist doch unbegreiflich. Du mußt mir helfen, dies Geheimniß aufzuklären.

Franz (die Zähne knirschend). Ja, Bruder, ich will Dir helfen!

Risler. Aber lassen wir das heute, und geben wir uns ganz der Freude über Deine Ankunft hin. Vor Allem, so lang wir allein sind, komm', laß' Dir mein Modell zeigen.

Sidonie (draußen, singt).

Auf dem Nachen klein, zu Zwei'n,
Schwimmen wir so ganz allein,
Und vor'm hellen Sonnenschein
Flüchten wir zum Schatten.

Risler. Zu spät. — Da kommt Sidonie aus ihrem Zimmer. Sie weiß nichts von Deiner Ankunft. Die wird überrascht sein.

Achte Scene.

Dieselben. Sidonie. Mme. Dobson. Georges.

Sidonie (mit Mme. Dobson obige Strophe singend).

Risler (tritt vor). Sidonie — sieh' einmal her!

Sidonie (bleibt verblüfft stehen). Franz!

Risler (naiv). Was? Darauf warst Du nicht vorbereitet. (Er bemerkt Georges, der rückwärts stehen geblieben.) Ah, sieh' da, Georges, Sie hier? Ich glaubte Sie in Savigny.

Georges (etwas befangen). Nein — Ich hatte mit Ihnen zu sprechen, eine wichtige Angelegenheit. (Sie sprechen leise.)

Sidonie (hat sich gefaßt und geht entschlossen auf Franz zu). Guten Tag, Schwager.

Franz (sie reicht ihm die Stirne, die er mit innerem Widerstreben küßt, leise). Ich habe mit Ihnen zu sprechen.

Risler (zu Georges). Ganz einverstanden — Uebrigens werden wir gleich weiter darüber reden. Ich bitte Sie nur um Erlaubniß, meinem Bruder etwas zu zeigen. — Franz, kommst Du? Du sollst ihn gleich wieder haben, Sidonie; wir brauchen nur eine Minute.

Neunte Scene.
Georges. Sidonie. (Pause.)

Georges (halblaut, indem er auf Franz zeigt). Nun da ist er also.

Sidonie. Ja, da ist er. Ich habe es vorausgesehen — habe ich Ihnen nicht gesagt: Der Kassier ist unser Feind! Ihm haben wir's zu danken.

Georges. Sie meinen, Planus habe Ihren Schwager herbeigerufen?

Sidonie. Ich bin dessen gewiß; der Blick, den mir Franz bei meinem Eintreten zugeworfen, sein ganzes Benehmen läßt mir keinen Zweifel. Er weiß Alles. Er wird seinem Bruder Alles sagen.

Georges. Aber Risler wird ihm nicht glauben.

Sidonie. Einem Andern nicht, ihm Alles.

Georges. Er hat keine Beweise.

Sidonie. Ihr Kassier hat Beweise, — die Bilanz.

Georges. Aber dann wird er in diesem Augenblicke schon...

Sidonie. Nein. Er will früher mit mir reden. Er darf Sie nicht mehr da finden.

Georges. Wie? Ich soll vor ihm die Flucht ergreifen? Nein, Sie müssen mit mir fort!

Sidonie (lebhaft). Ha! Wohin denken Sie? (sehr ruhig) Kein Drama, lieber Freund. Sie sollen nicht fliehen. Sie sollen nur den Schein wahren, einige Tage fern bleiben.

Georges. Fern bleiben? O nein, nein! Sie würden mich zu schnell vergessen. Umwoben wie Sie sind, bei dem Wirbel, in dem Sie leben, bei der Schwäche Ihrer Eltern, der Blindheit Ihres Gatten...

Sidonie. Ah, das ist stark, Sie beklagen sich über meinen Mann! Sie möchten, daß er für Sie allein blind wäre. O Männer, Männer: Einer wie der andere!

Georges. Uebrigens, was würde es Ihnen auch nützen, wenn mich Franz hier nicht sieht? Was geschehen ist, läßt sich nicht ungeschehen machen. Ja, er mag Alles wissen, Alles sagen; was kümmert's mich? Wir sind zu weit gegangen, um noch etwas zu fürchten. Nein, ich darf nicht gehen. Im Gegentheil, ich muß bleiben und ich werde bleiben. Und wehe ihm, wenn er —

Sidonie. Ein Duell, nicht wahr?

Georges. Ja wohl, ein Duell. Habe ich nicht das Recht, mein Eigenthum zu wahren? Ja, mein Eigenthum, sage ich. Alles habe ich für Sie geopfert, Pflicht, Ehre, Familie. Ich habe gelogen, betrogen, um Sie zu besitzen. Ich habe Sie schwer erworben, und kein Mensch soll Sie mir entreißen.

Sidonie. Und ich sage Ihnen, ich will kein Aufsehen, ich will keinen Skandal. Verstehen Sie mich wohl, Georges, wenn Sie mit Franz ein Wort reden, wenn Sie den geringsten Streit mit ihm beginnen, so erkläre ich Ihnen, daß zwischen uns Beiden Alles vorüber ist — vorüber für immer.

Georges. Und wenn ich gehe, was werden Sie thun?

Sidonie. Das ist meine Sache. Ich verlange von Ihnen blos eine Abwesenheit von acht, höchstens zehn Tagen.

Georges. Unmöglich.

Sidonie. Sehen Sie sich vor! Sie wissen, ich halte, was ich verspreche.

Georges. Sie werden mich wenigstens von sich hören lassen?

Sidonie. Jeden Tag, durch Madame Dobson.

Georges. Und wenn ich wiederkomme, werden Sie mich noch lieben?

Sidonie. Ganz wie heute.

Risler (hinter der Scene rufend). Georges, Georges! Kommen Sie?

Sidonie. Mein Mann ruft Sie .. Gehen Sie zu ihm, beschäftigen Sie ihn einige Zeit und reisen Sie dann ab. (Im Sprechen hat sie ihn bis zum Eingang geschoben, Georges will sie küssen, sie stößt ihn sanft von sich.) Nein, nein! Gehn Sie, gehn Sie!

Zehnte Scene.

Sidonie (allein); dann Franz.

Sidonie. Endlich .. Das hat Mühe gekostet. (Sie kommt zurück, nimmt eine Blume, die sie an den Busen steckt, glättet ihr Haar, streift ihre Robe und streckt sich auf's Sofa. Franz kommt sehr blaß. Er bleibt stehen und blickt um sich.)

Franz (nach einer Pause). Ich mache Ihnen mein Compliment, Madame. Sie verstehen sich auf Eleganz und Comfort. (Rücksichtslos ausbrechend und ihr gerade ins Gesicht sehend) Wem verdanken Sie diesen Luxus? Ihrem Gatten, (leise) oder Ihrem Liebhaber?

Sidonie (sehr ruhig, ohne ihn anzusehen). Beiden. (Pause.)

Franz. Sie gestehen also, daß jener Mann Sie liebt, daß Sie ihn lieben?

Sidonie. Natürlich!

Franz. Diese Schamlosigkeit geht zu weit. (Er nähert sich dem Divan.) Sidonie, hören Sie mich an! Ich habe heute mit Planus gesprochen. Er hat mir Alles erzählt. Es ist mir bekannt, durch welche niedrigen Schändlichkeiten die Treulosigkeit verschärft wird, die Sie ehrvergessen vor mir zur Schau tragen. Ich weiß, daß Sie sich nicht begnügen, meinen Bruder zu betrügen und lächerlich zu machen. Sie sind auch im Zuge, ihn zu entehren. Sein ältester Freund ist es, der mir soeben gesagt hat: „Es ist nicht möglich, daß er nichts davon ahne. Er ist ein Schurke oder ein Idiot." Sie kennen ihn besser; Sie wissen, Risler ist weder das Eine, noch das Andere. Ein großes Kind ist er, leichtgläubig und gut, ein Mann, der Niemanden täuschen könnte und der deshalb auch Ihnen blind vertraut — überdies ein unglückseliger Erfinder, den eine fixe Idee in Banden hält. Diese Menschen sind wie die Nachtwandler. Sie haben Augen, ohne zu sehen, sie sehen nur in ihre innere Welt. — Sie wissen das, Madame, und haben furchtbaren Mißbrauch mit seinem Charakter getrieben. Aber ich sage Ihnen: Der Name meines Bruders, der Name, den er seiner Frau gegeben, er ist auch der meinige. Wenn mein Bruder blind genug ist, ihn durch Sie beschmutzen zu lassen, so ist es meine Sache, ihn gegen Sie zu schützen, und deshalb sehen Sie mich hier. — Ich befehle Ihnen, Madame, Herrn Fromont zu verständigen, daß er sich eine andere Maitresse sucht und sich anderswo zu Grunde richtet. Sonst . .

Sidonie (welche unterdessen mit ihren Ringen gespielt hat). Sonst?

Franz. Sonst entdecke ich meinem Bruder Alles, was hier vorgeht. Sie kennen Risler noch nicht. Sie werden ihn kennen lernen. So sanft und harmlos Sie ihn gefunden haben, so schrecklich und schonungslos wird er nach dieser Entdeckung werden. Seien Sie versichert, er wird Sie tödten.

Sidonie. Gut! Er tödte mich. Was liegt daran? (Sie begräbt das Gesicht in den Kissen.)

Franz (nähert sich und neigt sich, auf den Divan gestützt, zu ihr herab). So sehr lieben Sie ihn also, diesen Fromont, daß Sie lieber sterben wollen, als ihm entsagen?

Sidonie (sich halb aufrichtend). Ihn lieben? Ich — ihn, diese männliche Puppe! Wie konnten Sie jemals glauben? Diesen Menschen? Ich habe ihn genommen, wie ich auch einen Andern genommen hätte, um . . . . .

Franz. Weshalb?

Sidonie. Weshalb? Weil ich wahnsinnig war. Weil ich im Herzen eine Liebe trug und noch trage, die schändlich, die verbrecherisch ist, und die ich mit der Wurzel ausreißen muß — um jeden Preis. (Sie hat sich erhoben und ihm dies stehend gesagt, zitternd vor Erregung, die Augen fortwährend an die seinen geheftet.)

Franz. Eine Liebe! (Sehr bewegt) Und wen lieben Sie?

Sidonie (mit dumpfer Stimme). Sie wissen es wohl: S i e !

Franz. Mich? mich?

Sidonie. Ja, Franz, nur Sie hab' ich geliebt und liebe nur Sie!

Franz. Unmöglich! Warum hätten Sie dann mich ausgeschlagen?

Sidonie. Ich wußte, daß eine Andere Sie liebte, ein armes, unglückliches Kind, dessen einzige Hoffnung und Lebensfreude diese Liebe war.

Franz. Desirée?

Sidonie. Ja, Desirée. . . . In einer thörichten, großen Wallung, wie sie ein junges Herz manchmal überkommt, — wollte ich ihr Glück machen und das meine opfern. Ich habe Sie zurückgestoßen, Franz, um Sie ihr zu überlassen. Als Sie fort waren — ach! Was hatte ich gethan! Mehr als ich ertragen konnte. Ich begriff, daß das Opfer über meine Kräfte ging. Ich verfluchte meine Thorheit. Ich that mehr. Ich verfluchte die arme Hilflose, die doch so schuldlos war an meinem Wahnsinn.

Franz (der mit großen Schritten hin und hergegangen, tritt auf sie zu). Aber warum haben Sie meinen Bruder geheiratet?

Sidonie. Ihn heiraten, hieß in Ihre Nähe kommen. Ich sagte mir: „Ich kann sein Weib nicht sein; so will ich seine Schwester werden. Auf diese Art werde ich ihn lieben dürfen und wir werden nicht wie Fremde durch's Leben gehen."

Franz (bewegt). Mein Gott, mein Gott!

Sidonie. Ja, so träumt man mit zwanzig Jahren; dann kommt die schreckliche Erfahrung und leuchtet hinein in die Nichtigkeit unserer Träume. Ich konnte Sie nicht als Schwester lieben, Franz, ich konnte nicht. Auch vergessen konnte ich Sie nicht, und wäre ich's im Stande gewesen, meine Ehe, diese unglückselige Ehe, hätte mich daran gehindert. Ein anderer Gatte hätte mich Sie vielleicht vergessen lassen, Risler nicht, denn er lebt nur in Ihnen. Er sprach von nichts Anderm, als von Ihnen, von Ihren Erfolgen, von Ihren Aussichten — Franz hat dies gesagt, Franz hat jenes gethan, — er liebt Sie so zärtlich! Als ich dieses verbrecherische Gefühl erwachen und wachsen sah, da ward es mir eine Qual, der ich entrinnen mußte. Ich wollte mich betäuben — ich suchte Glanz, Luxus, Unterhaltung um jeden Preis. So ließ ich mich herbei, diesen Georges zu erhören, der mich seit Langem verfolgte. So änderte ich mein Leben. Es ward geräuschvoll, bewegt, dann schuldig, und zuletzt ehrlos. Aber ich schwöre Ihnen, Franz: in diesem Wirbel von Thorheit, in den ich mich stürzte, habe ich nie aufgehört, an Sie zu denken, und wenn Jemand das Recht hat, mich zur Rechenschaft zu ziehen, gewiß, so sind nicht Sie es, — denn Sie allein haben mich zu dem gemacht, was ich bin! (Pause. Franz ist auf einen Sessel gefallen, die Hände vor das Gesicht schlagend, Sidonie nähert sich ihm.) Sie glauben mir nicht?

Franz. Nein!

Sidonie. Gut. So rufen Sie Risler. Rufen Sie ihn und sagen Sie ihm, er möge mich tödten. Welche Wonne für mich, nicht mehr zu leben, sie nicht länger tragen zu müſſen, dieſe Laſt von Schande, unter der ich mich krümmte von Tag zu Tag. O, wenn Sie wüßten, wie oft ich entſchloſſen war, zu ihm zu gehen, ihm ſelbſt Alles zu ſagen und ein Ende zu machen! Aber mir fehlte der Muth. Aber Sie, Franz, Sie haben Muth, und ſind ja nur deshalb gekommen, nicht wahr? Ihr Bruder iſt ganz in der Nähe, gehen Sie und ſagen Sie ihm Alles. O, ſeien Sie ſicher, ich fliehe nicht. Ich ſchwöre Ihnen, daß ich bleibe; der Tod iſt mir nichts, nachdem ich Ihnen mein furchtbares Geheimniß habe entdecken können.

Franz (ſich entfernend). Nein — ich will es nicht beſitzen, Ihr Geheimniß! — Ich weiß nicht, was Sie geſagt, ich habe nichts gehört ... O, warum bin ich hieher gekommen, mein Gott, mein Gott!

Eilfte Scene.

Dieſelben. Alle Uebrigen.

Risler (von der Halle nach dem Garten winkend und rufend). Hieher, Chèbe, Delobelle, hieher, er iſt im Salon. (Er ſchiebt Chèbe gegen Franz.) Da, ſehen Sie, umarmt ihn!

Chèbe (auf Franz zugehend). Was zum Teufel bringt Sie nach Frankreich? Steckt was im Suez-Canal?

Delobelle (im Hintergrunde erſcheinend, zärtlich und theatraliſch). In meine Arme, Kind, in meine Arme. (Er bleibt ſtehen mit ausgebreiteten Armen und zitternden Händen.) Aber beeile Dich doch, Du verdirbſt mir meinen Auftritt.

Franz (ihm entgegengehend). Grüß Gott, Delobelle.

Mme. Chèbe (kommt mit Mme. Dobſon). Uff! Jetzt wollen wir uns einmal ordentlich niederſetzen.

Deſirée. O, wie glücklich bin ich!

Delobelle. Was haſt Du denn! Ja, die Landluft! Umarme mich, Töchterchen. Dabei wird mir warm um's Herz.

Risler (mit Begeiſterung). Auf, Mme. Dobſon! An's Klavier! Ein Triumphlied zur Rückkehr unſeres verlorenen Sohnes. Etwas Erhebendes.

Sidonie (leiſe zu Mme. Dobſon, die Noten ſucht). Ich habe einen tödtlichen Schreck gehabt.

Mme. Dobson (ohne sich umzuwenden). Den Schwager?..
Sidonie. Ja. Es ward zwischen uns eine große Schlacht geliefert, jetzt ist der Friede geschlossen. Es fehlt nur noch eine Unterzeichnung des Vertrages.
Mme. Dobson. Ah, Sie wollen etwas Schriftliches von ihm! Das dürfte schwer werden.
Sidonie. Nein. Ehe acht Tage vergehen, wird er mich wahnsinnig lieben. Er wird mir es sagen wollen. Ich werde nie allein sein und er wird schreiben.
Mme. Dobson. Sie sind kühn, Sidonie. (Sie spielt.)

(Der Vorhang fällt.)

Vierter Akt.

Bei Desirée Delobelle. Bescheidene Einrichtung, aber strahlend vor Ordnung und Reinlichkeit. Im Hintergrunde ein großes Fenster mit kleinen Scheiben und weißen Vorhängen. Thüren zu beiden Seiten. Rechts zu Desirée's Zimmer. (Die Thüre muß sich nach innen, d. h. gegen die Scene öffnen.) Links zum Entrée von außen. Vor dem Fenster, ungefähr fünfzig Centimeter davon entfernt, ein langes Tischgestell mit künstlichen Vögeln, Fliegen, Messingdrähten und Tüllschnitzeln beladen. Vorn rechts ein großer Lehnstuhl.

———

Erste Scene.

Desirée. Franz. Delobelle.

(Desirée in ihrem großen Arbeits-Fauteuil sitzend; Franz steht neben ihr, Delobelle geht auf und ab, den Hut leicht auf's eine Ohr gedrückt, einen Zahnstocher im Munde, einen Modewaaren-Karton in der Hand.)

Delobelle. Sie entschuldigen, lieber Franz, daß ich Sie verlasse, nachdem Sie kaum angekommen sind, aber es ist Samstag, ich muß Desirée's Arbeit austragen.

Franz. Ohne Umstände, Herr Delobelle.

Delobelle. Und hernach habe ich ein Rendez-vous mit Ihrem Bruder. Ich habe ihm den Ueberschlag meines Theaters vorgelegt, er muß mir noch heute Antwort geben.

Desirée. O, heute? Hast Du Hoffnung?

Delobelle. Hoffnung? Die Sache ist abgemacht. Wie kannst Du glauben, daß er zögern wird? Ein so vortreffliches Geschäft! (Er geht auf einen kleinen Wandspiegel zu und betrachtet sich sorgfältig.)

Desirée (leise zu Franz). Hat Ihnen Ihr Bruder davon gesprochen?

Franz. Wovon?

Desirée. Von Papa's Theaterproject.

Franz. Nein, kein Wort.

Delobelle (vor dem Spiegel). Wenn ich denke, daß ich, König Theseus, ich Don Cesar de Bazan, ich Ruy Blas, daß ich jeden Samstag, einen Modisten-Karton unterm Arm, durch die Straßen gehe und die Arbeit abliefere in einer Blumen= handlung Rue St. Denis — Ha! Wenn die Abonnenten des Theaters zu Perpignan ihren Delobelle so sehen könnten. — In Gottes Namen! Es geschieht ja für meine Tochter. Lebt wohl, Kinder, ich komme bald wieder.

Desirée. Adieu, Papa! (Er geht ab.)

Zweite Scene.

Desirée. Franz.

Desirée (zeigt Franz einen niedrigen Stuhl zu ihren Füßen). Da setzen Sie sich her, an Ihren alten Platz — Sie kennen ihn noch, den kleinen Stuhl? — Er erwartet Sie seit zehn Tagen. Ja, — ohne Vorwurf, Franz, — zehn Tage sind es, daß Sie angekommen, daß wir uns in Bougival, bei Sidonie ge= sehen haben.

Franz (verwirrt). Sie haben Recht, ich hätte früher kommen sollen; aber wenn Sie wüßten . . .

Desirée (beunruhigt). Was? Was ist Ihnen? Was ist ge= schehen?

Franz. Nichts — nichts, was ich Ihnen sagen könnte. Ich bin unglücklich, ich habe viel gelitten, und ich komme und rette mich zu Ihnen. Ich werde von nun an jeden Tag kommen.

Desirée. Wirklich, jeden Tag?

Franz. Ich verlasse Sie nicht wieder bis zu meiner Ab= reise.

Desirée (läßt ihre Arbeit plötzlich fallen). Ach! Sie reisen?

Franz. Später — viel später — Ich weiß gar nicht, wann. Ich habe noch vielerlei zu thun, mancherlei Projecte und Pläne. (Er betrachtet sie) Wissen Sie schon, ich bin wieder Ihr Nachbar? Ich habe mein altes Zimmer nebenan gemiethet.

Desirée. Ah, das ist herrlich! Nun fängt das alte Leben wieder an. Wie frisch werde ich jetzt arbeiten und wieder wunder= hübsche Dinge machen! Man wird mir nicht mehr nachsagen, daß meine Colibris traurig aussehen. Die Laden=Fräulein behaupten immer, man könne es meiner Arbeit ansehen, wenn ich Kummer habe — und es ist etwas daran. Alle die hübschen Vöglein hier nehmen die Formen meiner Gedanken an. An den Tagen, wo ich niedergeschlagen und traurig bin, lassen sie die Flügel hängen und ihr Gefieder ist schlaff, wie vom Regen benetzt. Bin ich aber zufrieden und fröhlich, da strecken sie die spitzen Schnäbel aus und ihre Flügel öffnen sich weit. Sehen Sie ihn einmal an, den Kleinen da, wie er lebt und strebt. — Er will fliegen — Scheint es nicht, als ob er gleich davon flattern wird? Hrr!

Franz. Ja, Sie sind eine Fee — Sie geben den todten Flügeln neues Leben und dem zerrissenen Herzen neues Hoffen! Seitdem ich hier bin, fühle ich mich neugeboren — O, daß ich an Sie mich anklammern, mich bei Ihnen bergen könnte! Schützen Sie mich, erheben Sie mich, geben Sie mir mein Selbstvertrauen wieder!

Desirée. Franz — Sie leiden?

Franz. Ja, ich habe viel gelitten.

Desirée. O, sagen Sie mir, was Sie drückt, damit ich Sie trösten kann.

Franz. Nein, nein, Ich will nicht erröthen vor Ihnen.

Desirée. Erröthen? — O, Sie verläumden sich, — gewiß, Sie sind nicht fähig, etwas zu thun, was —

Franz. Lassen wir das, Desirée, ich bitte Sie! Uebrigens es ist ja vorüber. Ich bin hier bei Ihnen — ich sehe Sie, und ich höre auf zu leiden. — (Er nimmt ihre Hand und versenkt seinen Blick in den ihren, nach einer Pause) Desirée!

Desirée (sich zu ihm neigend). Franz! (Die Arbeit fällt zu Boden.)

Dritte Scene.

Dieselben. Delobelle (kommt mit tragischem Ausdruck, noch immer den Karton tragend).

Delobelle (hohl). Ja, ich bin's.

Desirée. Schon zurück? Du warst nicht in der Handlung?

Delobelle. Nein. (Er bleibt einen Augenblick stehen, das linke Bein nach vorwärts, den Boden stampfend, ohne von der Stelle zu gehen, er läßt seinen Blick von rechts nach links schweifen und beißt sich die Lippen, als wollte er sagen: Brich nicht, mein Herz! Mit furchtbarem Ernst.)

Desirée (erschrocken). Was fehlt Dir, Papa?

Delobelle. Ich habe Risler getroffen. Die Sache ist aus. (Er streift sich mit dem Handschuh über's Auge, wie um eine Thräne abzustreifen und schüttelt sie dann fieberisch weg, schleudert endlich den Karton auf den Tisch und läßt sich auf einen Sessel fallen, indem er ausruft:) Auf mir lastet ein Fluch!

Desirée (ist aufgestanden und geht auf ihn zu). Mein Vater!

Delobelle (vernichtet, die Arme zu beiden Seiten des Fauteuils, den Kopf auf die Brust hängen lassend.) So lange zu ringen ... Zehn Jahre, fünfzehn Jahre kämpfe ich, gestützt auf mein Weib und mein Kind, diese armen, hingebenden Geschöpfe, die sich opfern, um mich zu ernähren.

Desirée (leise, etwas beschämt). O, Vater! Vater! Wie kannst Du nur so sprechen!

Delobelle. Ja, Franz, ja! Sie ernährt mich und ich nahm es an, ohne zu erröthen ... denn es geschah für die Kunst, für die erhabene, die heilige Kunst. Es war meine Pflicht, diese Opfer anzunehmen, denn die Kunst steht höher als ich ... Aber jetzt wird es zu viel ... Zu tief hat man mich gekränkt ...

Desirée. O nicht doch, Vater, nicht doch ...

Delobelle. Nein, laß mich! Meine Kräfte sind zu Ende. Genug der Entbehrungen und Kränkungen. Sie haben den Künstler in mir getödtet ... Es ist aus ...

Desirée. O, sag' das nicht.

Franz (leise, zu Desirée). Lassen Sie ihn doch! Sie sollten diese Stimmung benutzen, um ihm einmal entschlossen die Augen zu öffnen und ihm einen Wahn zu benehmen, der Sie Alle unglücklich gemacht hat.

Desirée. Sie haben vielleicht Recht. Aber ich ... kann's nicht über's Herz bringen ...

Franz. Wenn Sie wollen, so spreche ich mit ihm.

Desirée. Nein, nein. Es ist doch besser, ich thue es. (Sie nähert sich Delobelle.) Hör' mich an, Vater!

Delobelle. Ich weiß, was Du mir sagen wirst, Du wirst sagen: Meine Vergangenheit legt mir Pflichten auf. Ich habe kein Recht, zu verzichten ... Nun denn, ich sage Dir, nein.

Mein Entschluß ist gefaßt. Alles Bitten ist vergeblich... Dringe nicht in mich.

Desirée. O, ich dringe nicht in Dich, Papa. (Delobelle macht eine Bewegung der Ueberraschung. Sie fährt mit einiger Befangenheit fort.) Auch ich finde, daß man in der That zu hart mit Dir umgeht. Man läßt Dir keine Gerechtigkeit widerfahren... Wenn ich denke, wie viele Jahre Du wartest und immer vergeblich... Das kann so nicht fortgehen. Du mußt ihnen zeigen, daß Du Dir ohne sie zu helfen weißt. (Sie wird vor dem unruhigen, fragenden Blick ihres Vaters immer verlegener.) Es würde Dir gewiß nicht schwer fallen, bei Deinem Alter, bei Deiner Intelligenz, mit den Verbindungen, die wir haben... Ich bin überzeugt, Herr Risler wäre gerne bereit, eine Stellung für Dich zu suchen... Mit einem Worte, auch ich finde... daß Du Recht hast, zu... es aufzugeben...

Delobelle (aufrecht, mit furchtbarem Ausdruck). Was?... Was soll ich aufgeben?... Das Theater?... Und Du bist es, die mir das sagt?! (Er bricht in Schluchzen aus.)

Desirée (ihm um den Hals fallend). Nein, Vater, nein! Es ist nicht wahr... Höre nicht darauf... Du hast mich nicht verstanden...

Delobelle (wie niedergeschmettert). Nur zu gut, leider. Dieser Schlag hat mir noch gefehlt. Meine Tochter glaubt nicht mehr an mich.

Desirée. Aber nein, ich...

Delobelle. O, wenn Dich Deine Mutter hören könnte, welchen Schmerz würde sie empfinden. Arme Märtyrerin!.. Sie hätte zu mir nie ein solches Wort gesprochen. Ja, sie besaß den Glauben an mich, und Du, Du hast ihn verloren... Ich sehe sie noch, dieses angebetete, heilige Weib, sehe sie in ihrem letzten Moment, wie sie mich an ihr Bett ruft und mir zuflüstert: „Ich gehe, mein armer Freund, ... ich werde nicht mehr da sein, um Dir Muth zuzusprechen, um Dich aufrecht zu halten in Deinem schrecklichen Kampf. Aber das thut nichts. Du darfst nur nicht nachgeben. Dein Tag wird kommen. Dein Genie wird zuletzt doch triumphiren. Halte aus, verzichte nicht... Schwöre mir, daß Du nie verzichten wirst." Und ich habe es ihr geschworen, Du warst dabei, Du hast es gehört, und nun willst Du mich meinem Schwur untreu machen... O!

Desirée (bewegt). Erdrücke mich nicht, mein Vater! Du weißt, daß Niemand auf der Welt Dich so liebt und bewundert, wie ich ... Nie habe ich an Deinem Talent gezweifelt, auch nicht einen Augenblick lang.

Franz (der sich auf ein Zeichen von Desirée genähert hat). Gewiß, Herr Delobelle, Niemand zweifelt an Ihrem Talent.

Desirée. Wenn ich anders zu Dir gesprochen habe, so geschah's, weil ich Dich so schwer leiden sah. Ich hatte einen schwachen Moment ... Aber er ist vorüber ... Wir werden weiter kämpfen; ja, wir werden kämpfen, so lange Du willst!

Franz. Ja, das werden wir, ... wir werden tüchtig kämpfen.

Desirée. Komm', küsse mich. Sage, daß Du mir nicht böse bist.

Delobelle. Nein, Kind, ich bin Dir nicht böse ... aber Du hast mir weh gethan ...

Franz. Ah was, Herr Delobelle, denken Sie nicht weiter daran. Sie müssen das überwinden. Sie müssen sich zerstreuen ...

Delobelle. O, ich — mich zerstreuen ... Die Wunde ist zu tief. (Mit dem Ausdruck zärtlichen Vorwurfs, indem er Desirée's Hand festhält.) Wie sie Einem das Herz zerfleischen können, diese kleinen Finger!

Franz (rasch). Ich habe einen Einfall! Wie? Wenn wir einen Ausflug machten, wir Drei! ...

Delobelle (mit Interesse). Einen Ausflug?

Franz. Ja, ein Diner auf dem Lande, wie in der alten Zeit, in einem guten kleinen Restaurant.

Delobelle (lebhaft). In St. Mandé beim Ausgang aus dem Boulogner Gehölz. (Seine Unglücksmiene wieder annehmend.) Nein, nein, Sie sehen — ich bin zu tief getroffen — ich wäre zu traurig!

Desirée. Wir werden Dich aufheitern, Vater!

Franz. Es ist abgemacht, Sie können meine Einladung nicht ablehnen. Das wird auch Ihrer Tochter wohlthun.

Delobelle. Glauben Sie? Sie haben vielleicht Recht ... Schnell, mein Kind, geh' Dich ankleiden ... Ah, Sapristi!

Franz und Desirée. Was ist's?

Delobelle. Ich kann nicht auf's Land ...

Desirée. Warum?

Delobelle. Ich habe keine Gamaschen ...

Franz. Gamaschen?

Delobelle (zu Desirée). Du weißt ja, das letzte Paar habe ich in Bougival vollständig abgenützt.

Desirée (lachend). Aber, Papa, muß man denn hohe Gamaschen haben, um nach St. Mandé zu gehen?

Franz. Wir gehen ja nicht nach Indien, Herr Delobelle.

Delobelle. Pardon! Ich weiß, wie man auf's Land zu gehen hat. Ich habe mehr als sechshundert Male den Mari à la Campagne gespielt, und immer in Gamaschen. Es geht nicht anders... Ich kann mir auf dem Lande mich ohne Gamaschen nicht denken... Ohne Gamaschen...

Franz. Gut, so kaufen wir unterwegs ein Paar Gamaschen.

Desirée (zögernd). Ganz recht, aber...

Delobelle (leise). Bist Du vielleicht nicht... (Er schlägt sich auf die Tasche.)

Desirée. Allerdings...

Delobelle. Richtig, ich habe die Arbeit nicht abgeliefert, also auch kein Geld mitgebracht. Ich wende mich an Franz...

Desirée (entsetzt). Nein... nein... hier! (Sie giebt ihm ihre Börse.) Aber kaufe die Gamaschen nicht zu... (lächelnd) nicht zu groß.

Delobelle. Sei unbesorgt. Ich werde vernünftig sein... Vorwärts also, beginnen wir auf's Neue zu ringen. Es geschieht nur Euch zu Liebe. Ihr wollt es so, also sei's! (Geht ab.)

Vierte Scene.

Desirée. Franz.

Desirée. Armer Vater! Ich trachte ihm seinen Glauben zu erhalten, so lange es geht.

Franz. Kommt es öfter vor, daß er so dem Theater entsagt? Es muß schrecklich für Sie sein, derlei Auftritte durchzumachen.

Desirée. Nichts davon, mein Freund. Er ist so gut. Wenn Sie wüßten...

Franz. Er ist so gut? Und Sie? (Er küßt ihre Hände.) Sie liebes, himmlisches Geschöpf!

Desirée (sich losmachend). Ich will mich ankleiden. Es wird nicht lange dauern. In zehn Minuten — Ja? (Links ab.)

Franz (allein). Welch ein Schatz von Liebe und Güte!

O, es war eine Eingebung von Gott, die mich hieher geführt. Ja, ich fühle es, ich habe eine Zuflucht, ein Asyl gefunden. Warum, warum bin ich nicht früher gekommen? (Die Thüre im Hintergrund öffnet sich. Sidonie erscheint, blendend, prächtig, Alles mit ihrem Glanze erleuchtend.)

Fünfte Scene.
Sidonie. Franz.

Franz. Sidonie! Sie hier? Was wollen Sie?

Sidonie (sehr einfach). Meine alte Wohnung sehen und meine kleine Freundin Desirée. Ihr Vater, dem ich an der Thüre begegnet bin, sagte mir, sie sei hier.

Franz (in größter Verwirrung). Ja, sie war hier —

Sidonie. Ich komme auch, um von Ihnen zu hören. Ich dachte wohl, daß man hier von Ihnen wissen wird. Ich war unruhig, Sie begreifen. Nachdem Sie eine Zeit lang fast täglich zu mir auf's Land gekommen waren, sind Sie mit Einem Male verschwunden. Ich mußte wissen, was aus Ihnen geworden ist.

Franz. Ich wollte Sie fliehen — aus Furcht vor Ihnen.

Sidonie. Furcht vor mir?

Franz. Ja.

Sidonie. Und jetzt? Jetzt fühlen Sie keine Furcht mehr?

Franz. Nein — aber Scham — Scham vor mir selbst, wenn ich an das Geständniß denke, das mir in einem Augenblick der Raserei entschlüpfte.

Sidonie. Ein Geständniß? Ah ja, Sie meinen Ihren Brief. Was ist Ihnen auch eingefallen, mir zu schreiben, da Sie mich doch jeden Tag sehen konnten?

Franz. Sie waren nie allein. Es schien, als ob Sie mir absichtlich aus dem Wege gingen.

Sidonie. Gleichviel! Es war immerhin unvorsichtig von Ihnen, zu schreiben, und so zu schreiben. Stellen Sie sich vor, wenn dieser Brief, statt in meine, in andere Hände gekommen wäre, zum Beispiel in die meines Mannes.

Franz (entsetzt). Ha! (rasch) Sie haben den Brief verbrannt, nicht wahr?

Sidonie. Nein. Das wäre überflüssig. Nun ich ihn habe, ist er in Sicherheit.

Franz. Verbrennen Sie ihn, ich beschwöre Sie darum.
Sidonie. Weshalb?
Franz. Weil er eine Niederträchtigkeit enthält. Weil mir ihn der Wahnsinn diktirt hat. Ich hatte den Kopf verloren, als ich ihn schrieb. Nein, nein, er soll, er darf nicht existiren, denn — er ist unwahr.
Sidonie. O, Sie sind hart. Sie wollen mir die Freude verderben, mit der ich ihn immer wieder lese. Und ich lese ihn oft.
Franz. Wozu ihn noch lesen, wenn ich Ihnen sage, daß er lügt, daß ich ihn widerrufe, entschieden widerrufe? — Nein, nein, weg mit dem Brief. Jede Spur meines Wahnsinnes muß verschwinden, damit ich Ihnen gegenüber stehen kann, ohne schamroth zu werden. Ich bitte, ich beschwöre Sie noch einmal, geben Sie mir ihn zurück, diesen unglückseligen Brief, daß ich ihn verbrenne, vernichte, mit meinen eigenen Händen.
Sidonie. Nicht doch. Ich lege Werth darauf. Ich behalte ihn.
Franz. Ihn behalten? Nach Allem, was ich Ihnen sage? Was haben Sie vor?
Sidonie. Rathen Sie! Nun? Sie treffen es nicht? Gut, ich will Ihnen helfen. Vor Allem, mein Lieber, lernen wir einander kennen. Sie kennen mich noch gar nicht. Weder Sie, noch irgend ein Anderer. Und ich heuchle doch nicht. Aber als ich noch Modistin war, habe ich viel in falschen Perlen gearbeitet; da mag mir etwas an den Fingerspitzen hängen geblieben sein.
Franz (unruhig). Ich verstehe Sie nicht.
Sidonie (gemüthlich). Erinnern Sie sich an das Hoffenster? Wissen Sie: das große Fenster neben der Treppe. Als ich es eben wieder sah, konnte ich mich nicht enthalten, aufzulachen. Meine ganze Kindheit ist in das Fenster eingerahmt. Dort habe ich meine Tage zugebracht. Gegenüber lag das Fromont'sche Palais mit seiner breiten Rampe, dem sandbestreuten Hof, über welche das hübsche blaue Coupé der Fabriksherren so leicht dahinrollte. Von oben gesehen, hinter dem Rauch der Werkstätten, inmitten der großen, unabläßig keuchenden Schornsteine, im ununterbrochenen Dröhnen der Dampfmaschinen, wie erschien mir damals

alles das so prächtig! Dieses Haus Fromont däuchte mir der Inbegriff alles Reichthumes. Es zog mich an. Es ward für mich die Welt meiner Träume, das gelobte Land, ein ewig offener Horizont, eine zaubervolle Fernsicht in die Zukunft, zu der ich mich gierig hinneigte; gierig und furchtlos, denn ich habe den Schwindel nie gekannt. Ich sagte mir: „Was meinst du, kleine Sidi Chèbe? Wenn dies Alles dir gehörte?" Und dieser Gedanke lebte mit mir fort und wuchs mit mir. Ich hatte nur ein einziges Ziel: als Herrin einzutreten in diese Fabrik. Das war der Grund, Franz, weshalb ich Sie nicht zum Manne wollte. Ich hatte es auf Georges Fromont abgesehen, denn er war die Fabrik. Er zog mir seine Cousine vor. Da warf ich mich auf Risler, den er eben zum Compagnon genommen hatte. Ich ward Frau Risler und — und die Fabrik war mein.

Franz (zitternd vor Erregung). Ja, sie gehört Ihnen ganz und gar. Gattin des einen Besitzers, Geliebte des Andern, Fromont junior und Risler senior, so sind Sie Inhaber der ganzen Firma. Ah, Madame, mein Compliment! Sie betreiben das Geschäft en gros.

Sidonie. Nein. Ich bin ein armes, kleines Bürgermädchen, dem beim Anblicke der reichen Nachbarn ihre Dachkammer zu eng geworden ist. Es sind unser dreißigtausend in Paris. Alles kommt eben auf die Nachbarschaft an, die uns umgiebt. (Sie steht auf und geht mit fieberhafter Erregung auf und ab.) Zwanzig Jahre lang, mein Lieber, habe ich Erniedrigungen jeder Art erduldet, bin versauert in langer Weile, Armuth und Niedrigkeit. Zwanzig Jahre hab' ich im Elend gelebt; doch nun will ich's einbringen so gut ich kann. Ich habe mir's geschworen und werd' es halten. Und in dem Augenblick, da ich meine Revanche beginne, da ich mich endlich ausstrecken und letzen kann an dem Glanz und den Freuden, die ich neidisch so lange begehrt, da fallen Sie mir ins Haus als Censor, als Sittenprediger, als Richter, wollen meine Existenz zerstören, mir mit dem Zorne meines Gatten drohen, mir von Rache und Tod sprechen. Und Sie bilden sich ein, daß ich Sie schalten lasse und mich ergebe? — Ah bah! — das kann Ihr Ernst nicht sein; nein, mein Lieber! Ich habe mich gerüstet gegen Sie, und ich glaube, meine Waffen sind sicher. Ich war in meinem Rechte der Nothwehr und ich mache Gebrauch davon. Haben Sie mich nun verstanden?

Franz. Vollkommen! — Also Alles, was Sie mir bei meiner Ankunft gesagt, diese Komödie von Liebe und Entsagung, die Sie mir vorgespielt, alles das war einzig darauf berechnet, daß ich Ihnen diesen Brief schreibe?

Sidonie. Ja.

Franz. Und damit glauben Sie mich in Ihrer Gewalt zu haben?

Sidonie. Gewiß.

Franz. Sie meinen, ich würde zusehen, wie Sie meinen Bruder zu Grunde richten und entehren, ich würde Sie den Namen, den ich trage, durch den Koth schleifen lassen, weil Sie einen Brief von mir in Händen haben? Dann müßte ich so tief gesunken sein wie Sie. Nein, Madame, diese Furcht wird mich nicht aufhalten.

Sidonie. Nicht die Furcht wird Sie aufhalten, aber die Nutzlosigkeit Ihrer Denunziation. Risler wird Ihnen nicht glauben. Ihr Brief ist da, um zu beweisen, daß verschmähte Liebe, Rachsucht und Eifersucht aus Ihnen spricht, und daß Sie diese ganze Geschichte erfunden haben, weil ich Ihre Liebe verworfen. Uebrigens sehe ich, daß Sie sich der Ausdrücke in diesem Briefe nicht mehr erinnern. Ich will Ihnen das Billet vorlesen.

Franz (rasch). Sie haben es bei sich?

Sidonie. Immer! (Seit Kurzem hat sie sich hinter den Arbeitstisch Desirée's zurückgezogen und befindet sich nunmehr im Hintergrund, in der Mitte der Bühne, durch den Tisch von Franz getrennt. Sie zieht einen Brief aus dem Busen und öffnet ihn ruhig, ohne den Blick von Franz zu wenden. In dem Augenblick, da sie zu lesen beginnen will, macht Franz eine Bewegung, um den Tisch wegzuschieben und sich auf sie zu stürzen. Sie legt die Hand auf die Klinke des Fensters, das hinter dem Arbeitstisch ist.) Keine Gewalt, oder ich rufe. Sie kennen das Haus. Die Nachbarn sind stets daheim. (Sie beginnt zu lesen. In diesem Moment öffnet sich leise die Thüre links und Desirée erscheint, ohne gesehen zu werden, da Franz ihr den Rücken wendet und sie zugleich vor Sidonie deckt.)

Sidonie (liest). „Ja denn, ich liebe Dich; ich liebe Dich mehr als je und liebe Dich ewig" (sich unterbrechend) Sprechen Sie doch, Richter über Tod und Leben, heißt es wirklich so? Es ist das Weib Ihres Bruders, dem Sie so schreiben!

Desirée (leise, todtenblaß). Wehe mir!

Sidonie (fortfahrend). „Was nützt alles Ringen und Kämpfen? Unsre Liebe ist stärker als wir!"

Franz (stürzt sich auf Sidonie und erreicht sie in dem Augenblick, wo sie das Fenster öffnen will, um zu rufen. Er faßt sie an beiden Händen und schleppt sie nach dem Vordergrund. Sie wehrt sich krampfhaft). Meinen Brief!

Sidonie. Nein, nie!

Franz. Meinen Brief!

Sidonie. Nie und nimmer.

Franz. Meinen Brief, oder ich tödte Dich.

Sidonie. Elender!

Desirée. Franz! (Franz wendet sich nach ihr um und bleibt erstarrt stehen, Sidonie benützt diesen Moment, um die Thür links zu erreichen. Desirée, die Hand auf's Herz gepreßt, macht einen Schritt und stützt sich auf den Fauteuil, um nicht zu fallen. Franz macht einen Schritt gegen sie, um sie zu stützen.)

Desirée (ihn mit einer Geberde abwehrend, die Augen starr, die Stimme in Thränen erstickt, wiederholt die ersten Worte des Briefes.) „Ja denn, ich liebe Dich, ich liebe Dich mehr als je und liebe Dich für ewig." Ach! (Sie sinkt, Sidonie zeigt von der Schwelle den Brief, den ihr Franz nicht entreißen konnte.)

(Der Vorhang fällt rasch.)

Fünfter Akt.

Erste Abtheilung.

Bei Fromonts. Dieselbe Eintheilung und Einrichtung wie bei Risters, nur hat der Luxus hier mehr Geschmack. Es ist zehn Uhr Abends, der Salon ist nur durch eine Lampe erleuchtet. Durch die Hauptthüre, welche Planus beim Eintreten offen gelassen, sieht man die große Treppe, hell erleuchtet, mit Teppichen belegt, mit Blumen decorirt, Herren und Damen in Balltoilette, welche zu Rislers hinauf gehen. Man hört hie und da Ballmusik.

Erste Scene.

Claire Fromont. Sigmund Planus.
(Claire traurig, in Balltoilette.)

Planus (sehr aufgeregt, sich große Schweißtropfen abwischend). Herr Georges ist noch nicht zu Hause, Madame?

Claire. Nein, Herr Planus, wie Sie sehen. Ich warte noch immer. Ich begreife nicht, wo er bleibt. Ich habe eben in seinen Club geschickt... Und er weiß doch, daß wir auf den Ball zu Risler gehen.

Planus (die Zähne knirschend). Es ist richtig, auf den Ball. Da droben tanzen sie. (ruhig) Wenn Herr Georges nach Hause kommt, Madame, wollen Sie die Güte haben, ihm mitzutheilen, daß ich drunten im Comptoir bin und daß ich ihn unverzüglich sprechen muß. (Er will gehen.)

Claire (nach kurzer Ueberlegung, ruft ihn zurück). Herr Planus! Es ist also sehr wichtig, sehr dringend, was Sie meinem Manne zu sagen haben? — (Sie schließt die Thüre.) Sie kommen diesen Abend schon zum dritten Mal. Und außerdem pflegen Sie sonst um diese Stunde nicht mehr im Comptoir zu sein... Was geht vor? — Sie scheinen so aufgeregt....

Planus (versucht zu lächeln). Aufgeregt? Ich? Madame.... ich will blos....

Claire. Nein, nein, Herr Planus, versuchen Sie nicht, sich zu verstellen.... Es geht etwas vor, ich fühle es.... Ueberhaupt gewahre ich lange schon irgend ein Geheimniß, eine allgemeine Befangenheit um mich her, die ich mir nicht erklären kann.... Ich bemerke verstohlene Blicke, höre halb unterdrückte Worte.... Was geht vor, reden Sie!.... Was haben Sie meinem Manne zu sagen?.... Ich will es wissen.

Planus. Es sind Geschäftssachen....

Claire. Auch diese sind mir nicht fremd, nicht gleichgiltig. Reden Sie!

Planus (mit gedämpfter Stimme). Nun denn, Madame, ich wollte Herrn Fromont erinnern, daß morgen Ultimo ist, der Letzte des Monates, und daß wir einen großen Zahlungstermin haben....

Claire. Sie sind doch vorbereitet, denke ich. Man hat Ihnen die nothwendigen Summen gegeben?

Planus (nach einigem Zögern, halblaut). Ja, aber ich kann....

Claire. Antworten Sie mir. Man hat Ihnen die nöthigen Summen gegeben?

Planus. Nein, Madame, ich habe sie nicht.

Claire. Wie?... Nicht?... Und am Vorabend des Letzten, um zehn Uhr erst wollen Sie Vorsorge treffen und die Herren verständigen?... Das finde ich spät, Herr Planus, für einen gewissenhaften Kassier.

Planus (losbrechend). Sehe ich sie denn, die Herren? Kann ich ihrer habhaft werden? Herr Fromont ist nie zugegen, nie zu sprechen.

Claire (befangen). Es ist wahr, er ist viel außer Hause... Aber Herr Risler geht nie aus, er ist immer zu treffen.

Planus. Mit Herrn Risler rede ich nicht.

Claire. Warum?

Planus (rasch und hastig). Weil ich fürchten müßte, ihn... (mit einem andern Ausdruck) Weil ich fürchten müßte, ihn zu stören.

Claire. Aber es ist doch sonderbar, daß man sich in einem Hause, wie das unsrige, mit einem so pflichttreuen Kassier wie Sie, an einem Zahlungstermin unvorbereitet findet. In der That, Herr Planus, das sieht Ihnen nicht gleich.

Planus (bewegt). Sie klagen mich an, Madame! Ich bin nicht schuld, ich schwöre es Ihnen. Ich habe gethan, was in meiner Macht war.

Claire. Aber das Haus hat Ausstände, Sie haben Forderungen einzukassiren... Haben Sie sie geltend gemacht?

Planus. Ja wohl... schon lange...

Claire. Nun also!

Planus. Wohlan, Madame, da Sie es wissen wollen: seit heute Morgens laufe ich umher. Ich war bei Chapuis, bei Gaillard's, bei Tavel & Sohn... Ueberall dieselbe Antwort... Man hatte unsre Ausstände schon einkassirt, behoben für Rechnung unsres Hauses, vor einem Monate, vor drei Monaten, vor sechs Wochen... Man wußte nicht, was ich wollte... und Sie können sich denken, welche Erniedrigung das für uns ist, wie man dasteht. (Er wischt sich die Stirne.) O, ich werde daran denken, an meinen heutigen Rundgang.

Claire. Also die Forderungen sind behoben, die Summen einkassirt worden, und man hat Sie nicht verständigt, Sie, den Kassier?.. Das ist befremdend... Wer hat das Geld behoben?

Planus. Ich weiß es nicht...

Claire. Doch, Planus, Sie wissen so genau, wie ich, daß sich Herr Risler hier mit nichts, als mit seinen Zeichnungen und Maschinen befaßt, und daß es nur Herr Fromont sein konnte, der... Aber warum hat er Sie nicht verständigt?

Planus. Mein Gott, Madame, vielleicht hat Herr Georges gespielt.... Es wird viel und hoch gespielt in seinem Club...

Claire (mit Würde). Herr Planus, ich verlange nicht, daß Sie meinen Mann entschuldigen. (Eine Thüre öffnet sich, eine Kammerfrau erscheint.) Der gnädige Herr?

Die Kammerfrau. Nein, gnädige Frau. August ist zurückgekommen aus dem Club, der gnädige Herr war nicht dort.

Claire. Hat er sich nicht geirrt? Mit wem hat er gesprochen?

Kammerfrau. Mit dem Sekretär selbst. Der sagte, der gnädige Herr hätte sich seit sechs Monaten im Club nicht sehen lassen.

Claire (zitternd). Ha!

Planus (bei Seite). Alberne Schwätzerin!

Claire (zur Kammerfrau). Es ist gut. Gehen Sie. (Kammerfrau ab. Die Thüre wieder öffnend.)

Kammerfrau. Madame, eben kommt der gnädige Herr.

Claire (zu Planus). Sie können sich zurückziehen, mein guter Planus. Kommen Sie später wieder herauf.

Planus. Sehr wohl, Madame. (Er geht durch die kleine Thür.)

Zweite Scene.
Georges. Claire.

Georges. Verzeihung, liebe Claire, ich habe Dich warten lassen . . . Aber ich hatte Besprechungen, dringende Angelegenheiten.

Claire. Ich habe nicht allein gewartet . . . Auch Planus harrt unten mit Ungeduld . . . Du hast ihm Geld zu geben, nicht wahr?

Georges. Wie! Er hat Dir gesagt? . . .

Claire (nervös). Er hat mir gesagt, daß er mit Dir wegen des morgigen Verfalltags zu reden habe. Das ist klar und einfach.

Georges. O, es ist nichts zu besorgen . . . Morgen Früh werde ich bereit sein . . . Man hat mir versprochen . . .

Claire. Warum morgen Früh? . . . Du hast Geld. Du hast viel Geld behoben, die ganze Zeit über! . . . Was hast Du mit Deinen Einkassirungen gemacht?

Georges. Aber in der That, Claire, ich begreife nicht . . .

Claire. Du begreifst nicht, daß ich am Vorabende eines Termins, wo ich Euch unvorbereitet, das Haus kompromittirt weiß, meines Vaters Haus, mich erkundige, und besorgt bin? Sprich, wo ist das Geld?

Georges. Wenn ich es denn gestehen muß, ich habe eine schwache Stunde gehabt, mich hinreißen lassen. . . . Trotz des Versprechens, das ich Dir gegeben, hab' ich gespielt und verloren.

Claire. In Deinem Club?

Georges. Ja. . . .

Claire. Du warst seit sechs Monaten nicht dort. Soeben ließ das der Sekretär selbst sagen. . Trotzdem hast Du mich jeden Abend verlassen. Kannst Du mir sagen, wohin Du gegangen bist? — Und diesen Sommer in Savigny, alle die Sonntage, an denen Du mich allein ließest, kannst Du mir sagen, wo Du sie zugebracht hast?

Georges. Aber....

Claire (entschieden). Du findest kein Wort der Erwiderung. Gut, so will ich Dir es sagen...Du hast eine Geliebte...

Georges. Wie kannst Du glauben?....

Claire. Ich bitte Dich, lüge nicht, Du hast genug gelogen. Lange schon lebe ich in einem Geheimniß, in einem Dunkel, die mich erschrecken; lange fühle ich ein Unglück um mich lauern. — O, ich verstehe sie jetzt, alle die Blicke, das unterdrückte Lächeln, das heimliche Mitleid, die mich umgeben. Die ganze Welt wußte, daß ich betrogen wurde, nur ich war blind....Aber vertheidige Dich, vertheidige Dich doch!... Sage etwas.... Versuche mich zu überzeugen.... Nein, nein! schweige! — Ich sehe zu klar. Ich kann Dir nicht mehr glauben.... (Sie bricht in Schluchzen aus.) O mein Gott, mein Gott! (Pause. Man vernimmt die Musik.)

Georges (sich ihr nähernd). Claire, ich beschwöre Dich....

Claire (sich aufrichtend). Lassen Sie mich, mein Entschluß ist gefaßt.... Ich weiß, was ich zu thun habe. (Sie klingelt.) Ich werde keine Minute länger in diesem Hause bleiben. (Zur Kammerfrau, die eintritt) Wecken Sie das Kind und kleiden Sie es an. Für mich ein Kleid und einen Mantel. Wir reisen.

Georges. Claire!

Claire. Ich gehe zu meiner Schwester nach Orleans.... Wir Beide haben nichts mehr mit einander gemein.

Georges. Aber das ist unmöglich.... Du kannst einen solchen Schritt nicht thun...

Claire (drohend). Das werden Sie sehn.

Planus (erscheint in der kleinen Thür). Herr Georges, ich bin's. Ich komme des Geldes wegen.

Georges. Ich habe kein's.

Planus (verzweifelt). Dann sind wir bankerott.

Georges und **Claire** (fast zugleich). Bankerott!

Planus. Ja wohl, wir sind's. Es giebt keine Täuschung mehr. Man muß dem Unglück ins Gesicht sehen. Das Haus bricht über uns zusammen, die Katastrophe ist da.

Georges (zerschmettert). Mein Gott! (Er fällt in einen Fauteuil.)

Claire (bei Seite). Es ist wahr. — Daran dachte ich nicht... Der Zusammensturz meines Glückes hat mich den Fall des Hauses vergessen lassen... Was soll aus ihm werden, wenn ich ihn allein lasse, den Unglücklichen...

(Sie betrachtet ihn.) Und würde ich nicht den Schein auf mich laden, vor dem Bankerott zu entfliehen?

Die Kammerfrau (erscheint rechts). Gnädige Frau, es ist Alles bereit...

Claire (mit großer Ruhe). Nicht mehr nöthig, wir bleiben.

Georges. O! Dank! Dank! —

Dritte Scene.
Risler. Georges. Claire. Planus.

(Planus zieht sich seitwärts, wie er Risler erblickt. Risler ist im Frack, mit weißer Cravate, eilig und sehr heiter.)

Risler. Nun, was giebt's? Sie kommen nicht hinauf?... Es ist sehr schön, Sie werden sich köstlich unterhalten. Eine Menge Gäste bis heraus auf die Stiege. Man erstickt fast, man kann sich nicht rühren. — Und Toiletten! Und ein Orchester! O, es ist ein wunderbarer Anblick!... Schnell, Freunde, beeilen Sie sich! Man fragt nach Ihnen... Kommen Sie denn nicht?....

Claire. Gewiß wollten wir kommen, lieber Risler...

Georges. Aber ich bin zu spät nach Hause gekommen und jetzt ist es nicht mehr Zeit.

Risler. Ich bitte, thun Sie uns das nicht an. Sidonie wäre untröstlich. — Und dann bedenken Sie: Wenn Sie heute Abend nicht kämen, so könnte man glauben — was weiß ich! — daß die Associés sich schlecht vertragen, daß es mit dem Haus nicht gut steht... Man muß an Alles denken. Im Geschäft ist Alles wichtig.

Claire. Risler hat Recht! (Sie wirft entschlossen die Mantille weg, die sie umgehängt hatte.) Geben Sie mir Ihren Arm. Ich bin fertig, gehen wir. — (Zu Planus) Erwarten Sie mich hier... Ich komme wieder. (Claire und Georges gehen langsam ab und man sieht sie, während die Thüre im Fond offen bleibt, die Treppe hinaufsteigen.)

Vierte Scene.
Risler. Planus.

Planus (ihnen nachsehend). Edle Frau!... (mit Wuth) Und sie geht hinauf zu dieser Verworfenen! Und Risler selbst holt sie ab; er wagt es... Ich weiß nicht was mich noch zurückhält...

Risler (der im Begriffe war, ihnen zu folgen, bleibt stehen, zögert, stößt dann die Thüre halb zu und geht auf Planus los). Und Du, alter Planus? ... Hast wirklich auf meinen Ball nicht kommen mögen? — Also noch nicht vorüber, diese unerklärliche Entfremdung zwischen uns Beiden? ... Sage mir nur, was das bedeutet? ... Ich habe Dir nichts gethan. Also zum Teufel, heraus mit der Sprache. Hier meine Hand. (Er reicht die Hand gegen ihn über den Tisch hinüber; Planus steht stumm und unbeweglich. Risler fährt ernster fort) Sigmund Planus, ich reiche Dir die Hand!

Planus (ausbrechend, mit furchtbarer Stimme). Und ich, ich reiche Dir die meine nicht, Risler!

Risler. Ha! ... Und warum stößt Du meine Hand zurück?

Planus. Weil Sie das Haus zu Grunde gerichtet haben.

Risler. Bist Du verrückt?

Planus. Weil ich morgen Früh hundertzwanzigtausend Francs zu zahlen habe, und durch Ihre Schuld kein Heller in der Kasse ist.

Risler. Ich habe das Haus zu Grunde gerichtet? Ich? ... Ich?

Planus. Ja, Herr, Sie ... durch Ihre Blindheit, ... durch Ihre Schwäche, dadurch, daß Sie falsche Bilanzen angenommen, ... daß Sie zugegeben haben ...

Risler. Falsche Bilanzen! ... Die Bilanz, sagst Du, war falsch? Ist's möglich? ... Ja, hast nicht Du sie mir gegeben?

Planus. Nein; ich nicht.

Risler. Richtig ... jetzt fällt mir's ein; Fromont war es. Und sie war falsch sagst Du? ...

Planus. Ja.

Risler. Warum hast Du mich nicht aufgeklärt?

Planus. Weil man gewisse Dinge nicht sagt, ... weil man nicht den Muth hat, sie zu sagen ... Ich habe Franz kommen lassen, damit er Dich warne ...

Risler. Franz! — Also deshalb ist Franz zurückgekehrt?

Planus. Er hat Dir nichts gesagt ... Also war ich gezwungen ... Ich hab' nicht länger warten können ... Ich wäre daran erstickt ...

Risler. Laß sehn ... ja, ja! ... Ich verstehe nicht recht ... Warum hat mich Georges belogen? — Wozu mir

fünfzigtausend Francs geben, die mir nicht gebührten? — Ich
brauchte das Geld nicht . . . Ich hatte keine Bedürfnisse, es
fehlte mir nichts . . . Ah, doch, doch! . . . Das Landhaus
für Sidonie . . . Aber das ging ja Fromont nichts an . . .
Weshalb hat er mich also getäuscht? Warum hat er die
Kasse beraubt, um meiner Frau ein Geschenk zu machen? . . .
(heftig) So rede doch, Du . . . der Du Alles zu wissen
scheinst . . . Ja, Du wirst reden, Du mußt reden — Du
hast mir da eine Menge häßlicher Gedanken in den Kopf gesetzt,
Du schweigst noch immer . . . Mann, begreifst Du nicht,
daß Dein Schweigen eine Anklage ist, schrecklicher, als irgend
eine, die man mit Worten aussprechen könnte? Oder — wäre
es wahr, was ich denke? Nein, nein, das ist nicht möglich.
Was ich denke, das ist zu . . . zu abscheulich. Das haben
sie nicht thun können. Und doch . . . (ruhig) Du hast mir
eines Tages gesagt, Georges hätte die fünfzigtausend Francs
behoben, um sie einem Weibe zu geben . . . (wie im Traume)
Ja, ich entsinne mich ganz deutlich . . . Du hast mir von
einem Weibe gesprochen, das sich verborgen hielt, das man
mit ihm gesehen hatte in einem Theater . . . Du hast gesagt,
dies Geld sei für sie bestimmt, und eine Stunde später kam
er und gab es uns, um für Sidonie ein Landhaus zu kaufen
. . . Demnach wäre Sidonie . . . für sie hätte er die fünf=
zigtausend Francs genommen, sowie all' das Geld, das Deiner
Kasse heute abgeht . . . Also allen Luxus, der mich umgiebt,
allen Wohlstand, den ich erworben zu haben glaubte, ver=
danke ich — meiner Entehrung . . . Und man hat glauben
können, daß ich . . . mitschuldig sei!? . . . Ja, Du hast es
geglaubt, Du selbst, denn Du hast meine Hand zurückgewiesen
. . . Und Franz kommt nicht zu mir, Franz flieht mich . . .
auch er hat mich also im Verdacht . . . O! . . . O! . . .
(Er stürzt nach der Thüre, öffnet sie weit und ruft mit schallender Stimme die Treppe
hinauf) Sidonie! Sidonie! . . . Madame Risler! . . . Ma=
dame Risler möge sogleich herunterkommen.

Planus. Ich habe Dich verkannt, Dich im Verdacht ge=
habt . . .

Risler. Davon später, später. (Sidonie erscheint am obern Ende
der Treppe.) Komm herab! — (Sidonie in großer Toilette, steigt langsam die
Treppe herab, welche von ihrer Schleppe überfluthet wird.)

Fünfte Scene.

Sidonie. Risler. Planus.

(Sidonie tritt ein, verwundert, die Thüre hinter sich offen lassend.)

Sidonie. Was giebt's? Sind Sie wahnsinnig geworden, daß Sie so laut schreien?

Risler (ist einen Schritt zurückgetreten, da er sie vom Schmuck strahlen sieht). Ha! diese Diamanten, dieser Schmuck.. (Mit erstickter Stimme) Von wem hast Du dies?...

Sidonie (bei Seite). Franz hat gesprochen!... Ich bin verloren!

Risler (sich auf sie stürzend). Wer hat sie Dir gegeben? Du antwortest nicht? Elende!

Planus. Risler!

Risler. Fürchte nichts! Ehe ich mich räche, habe ich Anderes zu thun... Wir haben gestohlen; wir müssen Ersatz leisten... Rasch! Her mit den Perlen... Her das Armband!

Sidonie (zitternd). Aber ich verstehe nicht...

Risler. Her, sage ich, oder ich reiße Dir's herunter!... (Er wirft das Collier vor Planus auf den Tisch.) Da, Planus, das läßt sich zu Geld machen. (Zu Sidonie) Weiter!... (Sidonie öffnet widerstrebend und langsam die Bracelets und Spangen. Risler wird ungeduldig und reißt ihr heftig den Schmuck ab.)

Sidonie. Sie thun mir weh! O ich werde mich rächen an ihm, an Franz!..

Risler (ohne auf sie zu hören, indem er Planus das letzte Armband übergiebt). Da, nun hast Du Alles... Jetzt ist die Reihe an mir. Ich muß Dir auch Alles geben, Alles, was ich habe... Hier meine Brieftasche... Ah, das Landhaus in Bougival... Warte, ich hole die Papiere... (Indem er sich umwendet, findet er sich vor Claire, die eben eingetreten ist.) Sie sind es, Madame Fromont?... Sie kommen eben recht. (Er faßt Sidonie am Arm und schleppt sie vor Claire hin.) Ersatz und Buße! Auf die Kniee!

Sidonie. Niemals!...

Claire (versteinert). Wie...!

Risler (Sidonie zu Boden schleudernd). Auf die Kniee, sage ich, vor der Frau, die Du zu Grunde gerichtet.

Claire (bei Seite). Ha! Sie war es!

Risler (Sidonie zu Claire's Füßen beugend). Sie werden wieder=
holen was ich sage... Wort für Wort... Madame..
Sidonie. Nein...
Risler (furchtbar). Ich befehle es!
Sidonie (lallend). Madame...
Risler. Ein ganzes Leben voll Demuth und Unterwürfig=
keit wird nicht genügen...
Sidonie. Ein ganzes Leben voll De... Nein, ich kann
nicht... ich will nicht. (Springt auf in wilder Wuth, faßt ihr Kleid mit beiden
Händen, reißt sich von Risler los und entflieht durch die Thüre im Hintergrund.)
Risler (zu Planus, der fort will). Nicht von der Stelle, sage ich.
(Zu Claire) Sie verzeihen, Madame, wir haben jetzt wichtigere
Geschäfte. Es handelt sich hier nicht um Madame Risler,
sondern um das Haus Fromont, das wir retten müssen...
Nur davon kann jetzt die Rede sein... Planus, hol' Deine
Bücher... wir wollen rechnen.

(Der Vorhang fällt.)

Fünfter Akt.
Zweite Abtheilung.

Die Kasse von Fromont junior & Risler senior. Links von der ersten Coulisse bis zum Hintergrund, in einer Breite von ungefähr 1½ Meter, die eigentliche Kasse, von dem übrigen Raum durch ein mit Thür und Schiebfenster versehenes Gitter getrennt. In diesem Theil sieht man einen Schreibtisch, eine eiserne Kasse, Stühle u. s. f. Rechts in der letzten Coulisse die Thür der zu der Privatwohnung führenden Treppe; im Hintergrund die Hauptthüre. Links die eigentlichen Kassenbureaux, eine kleine Thüre, die zu den andern Bureaux führt. Rechts, vorne, gegenüber der Kasse, ein Schreibtisch und Stühle.

Erste Scene.
Risler. Planus.

(Da der Vorhang in die Höhe geht, sitzt Risler rechts vorne an dem Tisch und ordnet seine Correspondenz. Planus sitzt links hinter dem Gitter. Ein Bankdiener ist im Begriffe, Geld, das ihm Planus durch das Schiebfenster zugezählt hat, in die Tasche zu stecken, welche er an einem Riemen trägt, und geht dann durch die Mittelthüre ab. Planus steht auf, kommt hinter dem Gitter hervor und geht, sich die Hände reibend, auf Risler zu.)

Risler. War das der letzte Wechsel?

Planus. Ja, das war der letzte.

Risler. Alles ausbezahlt?

Planus. Alles bezahlt. (Er zieht die Uhr.) Und noch nicht zwölf Uhr. Die Ehre des Hauses ist gerettet.

Risler. Glaubst Du? (Er klingelt; zum eintretenden Bureaudiener) Ersuchen Sie Herrn Fromont, ins Comptoir zu kommen.

Planus (bei Seite). Ha! Mein Gott! Sie haben sich noch nicht gesehen. Was wird geschehen?

Risler (zum Diener, der stehen geblieben ist). Worauf warten Sie?

Diener. Bitte, Herr Risler, die Post. (Er übergiebt die Briefe.)

Risler. Gut. (Er nimmt die Briefe.) Gehen Sie jetzt. (Diener ab. Risler beginnt die Briefe zu öffnen und wendet sich plötzlich gegen Planus um.) Planus!

Planus. Nun?

Risler. Wo ist Franz? Hast Du ihn nicht gesehen?

Planus. Ja... Er war in der Früh' hier.

Risler. Weiß er, was geschehen ist?

Planus. Alles.

Risler. Und er ist nicht da, nicht in meiner Nähe, in einem solchen Moment. O! das ist schlecht...

Planus. Klage ihn nicht an. Wenn Du wüßtest... der arme Junge... Er läuft seit Tagesanbruch umher... Er sucht Geld für uns... Alle seine Ersparnisse hat er hergegeben.

Risler. Braver Junge. (Er trocknet eine Thräne; rasch) Ja so, die Post. Erledigen wir die Briefe. (Zu Planus, ihm einen Brief übergebend) Ein Auftrag aus Lyon. Sehr bedeutend! Man muß schleunig an die Arbeit gehen. Ein Brief von Havre, der uns den Empfang der letzten Sendung bestätigt. (Er nimmt einen andern Brief und betrachtet, ehe er das Siegel löst, die Schrift. Er zittert.)

Planus. Nun, was giebt's?

Risler (sehr bewegt). Ein Brief von... von dem Weib... Sie wagt es, mir zu schreiben... Aber ich werde ihn nicht lesen. Ich habe Anderes zu thun.

Planus. Du hast Recht, lieber Alter. Wozu Dich mit dem schmutzigen Handel noch befassen?

Risler (den Brief betrachtend). Was kann sie mir sagen...? Noch eine Lüge...! (Er wirft den Brief auf seinen Schreibtisch.) Nein, ich will nicht... (Pause; dann plötzlich mit Zorn.) Was? Herr Fromont kommt noch immer nicht? (Die kleine Thüre rechts öffnet sich. Risler fährt auf in der Meinung, es sei Georges.) Ah! (Claire erscheint.)

Zweite Scene.

Dieselben. Claire.

Risler. Sie sind es...? (Mit einem traurigen Lächeln.) Ich dachte mir wohl, Sie würden an seiner Stelle kommen, aber mit Ihnen habe ich nichts abzumachen. (Er macht Miene zu gehen.) Er ist droben, nicht war?

Claire (sehr bewegt). Nein . . . Er ist ausgegangen . . . Ich will . . .

Risler. Nein, nein, er ist zu Haus. Ihn muß ich sprechen.

Claire (ihn zurückhaltend). Risler, ich bitte Sie . . . gehen Sie nicht hinauf . . .

Risler (entschlossen und ernst). Ich muß.

Claire (zitternd vor Aufregung). Hören Sie mich an, mein Freund . . . Es ist wahr, Ihnen ist schweres Unrecht geschehen . . . Sie haben ein Recht, jede mögliche Genugthuung zu fordern, sich zu rächen — nicht doch, sich Gerechtigkeit zu verschaffen. Sein Leben gehört Ihnen. Er weiß es und er wird nichts thun, um es zu vertheidigen . . . Ich selbst, . . . ich fühle ihn so schuldig gegen Sie, daß ich nicht wage, etwas zu seiner Vertheidigung zu sagen . . . Auch finde ich nichts . . . Ich schäme mich! . . .

Risler. Sie schämen sich, Sie . . .

Claire. Risler, mein Freund, nicht die Gattin spricht zu Ihnen, nicht die Gattin fleht Sie an, ihn zu verzeihen, . . . sondern die Mutter. Mein Kind stelle ich zwischen Sie und ihn, mein armes Kind.

Risler. Ihr Kind, Madame! Ich denke ja nur an Ihr Kind, für Ihr Kind arbeite ich in diesem Augenblicke. Dieses Haus, das vormals Ihrem Vater gehörte, einst Ihrem Kinde gehören wird, durch meine Schuld ward es gefährdet. Vor Allem, verstehen Sie mich wohl, muß dieses Haus wieder aufrecht stehn . . . Nachher . . . nachher wollen wir weiter sehen.

Claire. Ihr Benehmen gegen uns ist bewunderungswerth. Ich weiß es wohl.

Planus (sich hinter dem Gitter erhebend). O Madame, wenn Sie Alles sehen könnten . . . Er ist ein Heiliger . . . ein Engel!

Risler (zu Planus). Du, kümmere Dich um Deine Kasse, hörst Du?

Planus. Schon gut, schon gut . . .

Risler (sehr sanft zu Claire). Ich bitte Sie, Madame, holen Sie Ihren Mann. Ich muß mich mit meinem Compagnon über eine Menge Dinge verständigen. Wenn Sie fürchten, daß der Zorn mich hinreißen könnte, so bleiben Sie nur da . . . Ich werde Sie nur anzusehen brauchen, edle Tochter meines alten Herrn, um mich des Wortes zu erinnern, das ich Ihnen gab, der Pflicht, die ich mir auferlege ... Sie zögern noch immer?

Claire. Sie haben Recht, und dennoch fürchte ich ... die menschliche Kraft hat ihre Grenzen ... Der Anblick des Mannes, der Ihnen so furchtbar weh gethan ...

Risler (faßt ihre Hand und sieht sie voll Bewunderung an). Große, edle Seele, die nur an das Böse denkt, das er mir gethan hat ... Wissen Sie denn nicht, daß ich ihn ebenso um den Verrath an Ihnen hasse, wie ... (in Wuth) O, die Elenden, die Erbärmlichen! ...

Claire. Sehen Sie wohl, Sie können nicht ruhig bleiben ... Sie dürfen ihn also nicht sehen ... (Die Thüre öffnet sich ... Georges erscheint. Claire, sich gegen ihn stürzend.) Ha! ... Georges! —

Dritte Scene.

Dieselben. Georges Fromont.

Georges (Claire sanft zurückschiebend). Laß mich, Claire, laß mich. (Zu Risler, ruhig, aber bescheiden) Sie haben mich rufen lassen. Ich stehe zu Ihrer Verfügung ...

Risler (erzittert bei seinem Anblick, aber nach einem Blick auf Claire, welche die Hände flehend gegen ihn ausgestreckt, beruhigt er sich plötzlich und sagt in ruhigem Ton, halb abgewendet) Unser Haus macht eine entsetzliche Krise durch. Für heute haben wir die Katastrophe abgewendet; aber dieser Termin ist nicht der letzte. Man muß heute schon für den nächsten sorgen ... Vor Allem muß ich Sie verständigen, daß die neuen Druckmaschinen, mit denen ich mich beschäftigt habe, fertig sind und alle meine Erwartungen übertreffen. Wir besitzen mit ihnen ein sicheres Mittel, unser Geschäft wieder zu heben. Ich habe Ihnen früher nichts davon gesagt, weil ich Ihnen eine Ueberraschung bereiten wollte; aber jetzt haben wir Beide einander keine Ueberraschungen mehr zu bereiten. (Er hält inne und fährt mit schneidender Ironie fort.) Nicht wahr, Herr Fromont?

Claire. Risler ...!

Risler (sich fassend). Leider ist vor Ablauf von sechs Monaten kein Resultat zu erwarten. Ueber diese sechs Monate gilt es hinaus zu kommen. Wir müssen uns einschränken, unsere Kosten herabmindern. Von heute an verzichte ich auf meinen Antheil als Compagnon. Ich werde meinen Gehalt als Fabriksleiter beziehen, wie früher, — keinen Heller mehr. (Georges will widersprechen.) Ich bin Ihr Compagnon nicht mehr. Ich werde wieder der Diener, der ich immer hätte bleiben sollen. So will ich es, verstehen Sie mich? Was Sie betrifft, so müssen Sie sich von nun an an der Fabrik thätig betheiligen. Man muß Sie sehen, muß die Gegenwart des Herrn fühlen. Dann, glaube ich, werden sich von den Schlägen, die uns getroffen haben, einige wieder gutmachen lassen.

Bureaudiener (kommt). Herr Risler, die Wagen sind da.

Risler. Ich komme. (Er will gehen, bleibt aber stehen, geht dann zu seinem Schreibtisch, nimmt Sidoniens Brief, der dort liegen geblieben, sperrt ihn in eine Lade und steckt den Schlüssel zu sich; zu Claire) Sie entschuldigen mich, Madame; ich bin gezwungen, Sie zu verlassen. Das Auctionsinstitut schickt her, um Alles zu übernehmen, was ich noch oben habe.

Claire. Wie?

Risler. Was ich besaß, hatte ich vom Hause; ich habe Alles verkauft, um meine Schuld zu zahlen.

Georges (rasch). Aber wir können unmöglich annehmen...

Risler (sich umwendend, mit Verachtung). Wie sagen Sie?..

Claire. Risler, um Himmels willen!.. Ihr Versprechen!

Risler. Ja, ja, Sie haben Recht... Sie haben Recht...

(Er geht rasch durch die Hauptthüre ab.)

Vierte Scene.

Claire. Georges. Planus (an seinem Schreibtisch, hinter dem Gitter).

Claire (zu Georges, auf Risler deutend). Das ist der Mann, den Sie betrogen haben.

Georges. O! Er straft mich hart genug. Er weiß sich furchtbar zu rächen.

Claire. Zu rächen?! Er!?

Georges. Ja, furchtbar und grausam. Ich war bereit, ihm mein Leben preiszugeben; aber die verächtliche Großmuth, mit der er mich zermalmt.. O! Tausendmal eher seinen Zorn, als seine Güte! Lieber der Mündung seiner Pistole gegenüber, als unter seinem Blicke!

Claire. So sind die Männer. Vor den größten Verbrechen scheuen sie nicht zurück; sie täuschen das Weib, betrügen den Freund, aber sobald ihr Dünkel ins Spiel kommt, erwachen in ihnen wieder die Gefühle der sogenannten Ehre... Sie wollten ihm Ihr Leben preisgeben, um sich gegen ihn zu entlasten? Und ich? Wie wollen Sie abbüßen, was Sie mir gethan? Er ist ja nicht allein der Betrogene!

Georges (ihr zu Füßen). Verzeihung! Verzeihung!

Claire. Schweigen Sie. Wenn Sie wüßten, woran Sie mich erinnern... Jene Frau, hat mich auch um Verzeihung gebeten, auch sie lag zu meinen Füßen. Ich werde sie nie vergessen, diese Züge voll Haß, diese Lippen voll Grimm und Lüge!

Georges. Nein! Ich lüge nicht... Claire! Sieh' mich an; ich habe nicht mehr den Muth, Dir zu sagen, daß ich Dich liebe; aber mein Herz ist voll Anbetung, voll Ehrfurcht vor Deiner Größe. So viel Hochherzigkeit und Edelsinn umgeben mich, um mein Verbrechen nur noch größer erscheinen zu lassen.. O, im Namen unseres Kindes beschwöre ich Dich, laß mich hoffen, daß Du mir eines Tages verzeihen wirst... Du antwortest nicht?... Du weinst! — O, Du wirst verzeihen...

Claire. Laß mich, o laß mich... Ich habe keine Thränen seit gestern... Könnt' ich erst weinen über unser verlorenes Glück, über Dich, über Deinen Wahnsinn!... Unglückseliger, Du hattest ein Herz, das Dich wahrhaft liebte.... Du hast es verloren. (Sie bricht in Schluchzen aus.)

Georges (flehend). Claire... Claire!

Claire. Nein, nein, genug der Thränen, genug der Schwachheit. Risler zeigt uns, was zu thun ist. Er denkt an nichts, als an das Haus. Thue wie er, arbeite.

Georges. Ja, Du hast Recht. Nicht Worte können Dir meine Reue beweisen. Du sollst Thaten sehen... (Planus überreicht ihm Papiere.) Gut so. Ich gehe ins Comptoir, an die Arbeit. (Ab.)

Claire (ihre Augen trocknend). O wie gerne möcht' ich ihm glauben. (Sie schickt sich an zu gehen, als Delobelle athemlos erscheint.)

Fünfte Scene.
Claire. Delobelle. Planus.

Delobelle (auf die Kasse zugehend). Herr Planus... Herr Planus!... (Er bemerkt Claire.) Ah, Pardon, Madame!... Ich habe die Ehre, Madame Fromont zu sehen? (Er begrüßt sie.) Ich bin hocherfreut, Ihnen zu begegnen, meine Tochter ist da. Sie möchte mit Ihnen sprechen. Eine ernste, wichtige Sache... Es handelt sich um Herrn Risler. Er wird in diesem Augenblick von einer großen Gefahr bedroht. Und da wir Ihre Freundschaft für ihn kennen, so haben wir geglaubt...

Claire. Eine Gefahr!... Welche?

Delobelle. Ich weiß es nicht genau... Meine Tochter wird Ihnen mehr sagen können...

Claire. Wo ist sie?

Delobelle. Bei Ihnen, gnädige Frau. So glaube ich wenigstens. Sie verzeihen. Ich rede vielleicht unzusammenhängend. Aber das bringt die Rolle mit sich; nein, ich wollte sagen, ich bin so aufgeregt. Es war eine furchtbare Nacht... alle diese Ereignisse...

Claire. Genug, mein Herr! Ich eile zu Ihrer Tochter. (Rechts ab.)

Sechste Scene.
Delobelle. Planus.

Planus (ist hervorgekommen). Was giebts denn eigentlich? —

Delobelle. O, lieber Herr Planus! Ein Brief, ein furchtbarer Brief wird an Risler gelangen.

Planus. Ein Brief, von wem? Von Sidonie?

Delobelle. Von ihr.

Planus. Wie wissen Sie davon? Haben Sie sie gesehen?

Delobelle. Ob ich sie gesehen habe! Diese Nacht ist sie von hier aus geradewegs zu uns gekommen. Sie wissen ja, wir wohnen hier gegenüber, wo Sidonie früher auch gewohnt. Desirée lag schon im Bett, ich soupirte eben ganz ruhig... Sie wissen, wir Theaterleute soupiren immer spät … Das Geschäft ist schuld daran … Ja, also auf einmal öffnet sich die Thür, Sidonie tritt ein, in Balltoilette, blaß, durchnäßt und fiebernd, mit fliegendem Haar, Wuth in den Blicken … „Was, mein Kind! Du hier?".… „Ja, ich. Mein Mann hat mich fortgejagt. Er hat mir Alles genommen. Zum Glück bleibt mir noch etwas, um mich zu rächen, an ihm und an seinem Franz —" Sie sagte das mit Thränen des Grimms, mit einem Ausdruck … grandios! Eine Rachel! … Ich rede ihr vernünftig zu, ich versuche sie zu beruhigen, und nach und nach gelingt's mir so weit, daß sie am Ende, meiner Treu! mit mir weiter soupirt, gerade so ruhig, als ob sie nach einem starken fünften Akt von der Bühne käme … Aber ich sagte es ja immer, daß eine Schauspielerin in ihr steckt … Wir sprachen von ihrer Zukunft: sie will singen, will nach Amerika. Ihre Singlehrerin wird ihr ein Engagement verschaffen. Früh am Morgen ging sie fort, um die Singlehrerin aufzusuchen … Als Desirée erwachte, habe ich ihr natürlich die Geschichte erzählt. Und sie, die arme Kleine, als sie hört, daß Sidonie einen Brief unter der Adresse Rislers couvertirt hat, wird von einem Todesschreck befallen. Sie kennt, scheint es, die Rache Sidoniens. Es muß etwas Furchtbares sein. Darum sind wir denn eiligst hieher gekommen, um Sie zu verständigen und zu verhindern, daß jener Brief an unsern Freund gelange.

Planus. Er hat ihn bereits.
Delobelle. O, mein Gott!
Planus. Aber er hat ihn noch nicht gelesen. Er ließ ihn liegen, hier auf seinem Schreibtisch.
Delobelle. Man muß ihn bei Seite schaffen.
Planus (vor dem Schreibtisch). Er ist weg.
Delobelle. Ah!
Planus. Vielleicht im Schubfach … Ja, ganz gewiß … Er hat den Schlüssel abgezogen, was er sonst nie thut.
Delobelle. Was nun anfangen?
Planus. Still, da kommt er. (Sie nähern sich Beide der Kasse und halten sich bei Seite.)

Siebente Scene.

Dieselben. Risler.

(Er tritt ein, ohne sie zu bemerken und geht langsam, den Kopf auf die Brust gesenkt.)

Delobelle (leise zu Planus). Wie er verändert ist. Der arme Mann!

Risler (nähert sich seinem Schreibtisch). Das hat mir nicht gut gethan, das Geschäft da droben. Ich habe keine Kraft mehr. (Läßt sich auf den Sessel fallen, der vor seinem Schreibtisch steht). Als ich das Zimmer betrat, wo der geringste Gegenstand an sie mich mahnt, da glaubte ich in die Wohnung einer Todten zu treten... Ja, todt!... Sie ist todt... und begraben... O!... Alles ist jetzt fort. Ich habe nichts mehr, das mich an sie erinnert... doch eines noch:... Ihr Brief! (Er öffnet das Schubfach im Schreibtisch.)

Delobelle. Himmel!...

Risler (nimmt den Brief). Dieser Parfüm... Ich glaube sie vor mir zu sehen...

Planus. Was thun! Was thun?

Delobelle. Warten Sie, mir fällt was ein... Ein großer Theater=Coup... (nähert sich Risler) Hm!... Hm!... (Er räuspert sich.)

Risler (sich umwendend). Sie sind's, Delobelle? Guten Morgen.

Delobelle (theatralisch). O armer, theurer Mann!... Wenn Sie wüßten, welchen Antheil ich an... an...

Risler. Ich danke Ihnen... Lassen Sie mich... Ich habe zu thun... (Nimmt den Brief und beginnt das Couvert zu zerreißen.) Ich hatte mir freilich vorgenommen, ihn nicht zu lesen.

Achte Scene.

Dieselben. Franz; dann Claire und Desirée.

Franz (tritt rasch ein). Hier, Planus. Da hast Du Geld.

Risler (hat sich erhoben und streckt ihm die Arme entgegen). Franz... Franz! O wie wohl es mir thut, Dich zu sehen. Ich weiß, was Du für mich gethan hast. Planus hat mir's gesagt. Daran erkenne ich Dich. Du bist ein wahrer Freund, ein treues Herz. Du betrügst mich nicht. Und doch! (mit gebrochener Stimme) Es trügt ja Alles! Nicht wahr? Entschuldige sie doch! Sage mir, daß der Betrug der Brauch der Welt ist. Das Weib betrügt den Mann; das Kind betrügt den Vater... Warum sollte nicht der Bruder den Bruder betrügen?

Franz. Bruder!

Risler (fällt ihm um den Hals). O, mein Franz! Wüßtest Du, was ich gelitten habe, — was ich leide! Ich kenne die Welt nicht mehr, — denn die Treue scheint mir aus ihr geschwunden. Wer liebt noch? Wer kann glauben? Wer kann hoffen? Sie konnte mich betrügen! Wer bürgt noch für sich selbst? Ich glaube nicht mehr daran, daß ich ein ehrlicher Mann bin. — Es giebt keine Treue. Nicht wahr?

Franz. Bruder! Ermanne Dich!

Risler. Du hast Recht! Ich muß stark sein: Bleib bei mir, mein Franz. Du bist stark, denn Du hast sie geliebt und vergessen... Du wirst mich's lehren... Verlaß mich nicht, Bruder! Sei Du mir treu, Du einziges Herz, das ich noch liebe auf dieser Welt. Ich will ja aushalten. Aber sie haben mir jede Stütze zerbrochen. Nur Du kannst mich halten .. denn ich muß noch arbeiten. Dieses Haus muß stehen. Es darf nicht untergraben werden durch meinen Fall... nicht befleckt werden durch meine Schande. Das Haus Fromont muß stehen, sage ich... Ich will arbeiten und nicht an mich denken... Hier!... Ich war schwach genug und wollte einen Brief lesen, den mir — jene Frau geschrieben... Nimm! Lies Du ihn.

Delobelle (leise zu Planus). Ha! Man muß ihm ein Zeichen geben.

Risler. Wenn sie etwas verlangt, so sieh, was zu machen ist... Nur sprich mir nicht davon. Ich will nicht mehr an sie denken.

Franz (hat trotz der verzweifelten Zeichen, welche ihm Planus und Delobelle machen, den Brief geöffnet und unterdrückt einen Aufschrei). Ha!

Risler. Was hast Du?

Franz. Nichts.

Risler. Doch! Du bist blaß... Du zitterst... (er zeigt auf den Brief) Irgend eine neue Schändlichkeit... nicht wahr?

Franz. Nein; laß diesen Brief, Du sollst ihn nicht lesen.

Risler. Fürchte nichts! Sie kann mir nicht weher thun, als sie mir schon gethan hat... Gieb!

Franz. Mein Bruder, ich bitte,... ich beschwöre Dich...

Risler (hat ihm den Brief entrissen). Aber das ist ja Deine Schrift! — Wie kommt meine Frau zu einem Brief, den Du geschrieben... (Er liest) „Ja, ich liebe Dich... ich liebe Dich"...

Desirée (hinter ihm auftretend und den Brief aus dem Gedächtniß fortsetzend). „Ich liebe Dich mehr, als je und liebe Dich für immer"... Das ist ja mein Brief, Herr Risler, den Sie da vorlesen, und den Franz an mich geschrieben hat... Wie kommt er in Ihre Hände?... Ach, richtig. Ich hatte ihn vor einigen Tagen bei Sidonie verloren. Er hat sich also gefunden? Uebrigens kann ich Ihnen beweisen, daß er mir gehört, denn ich weiß ihn auswendig, so oft hab' ich ihn gelesen. „Ich liebe Dich, ich liebe Dich mehr als je und liebe Dich für immer. Wozu kämpfen dagegen? Unsere Liebe ist stärker als wir." (Sich gegen Franz wendend) Ist's nicht so, Franz?

Franz. Ja, Desirée. Stärker als je, und für immer.

Delobelle. Ich verstehe kein Wort. Das soll Sidoniens Rache sein?

Claire (welche mit Desirée gekommen ist). Nein, das ist die Rache Desirée's.

Risler (zu Franz und Desirée). So, ist es denn wahr?... Wirklich wahr?.. Ihr liebt Euch? Ihr werdet Euch heiraten? Du wirst bei mir bleiben, Franz? O, nun bin ich glücklich, so glücklich!

(Der Vorhang fällt.)

E n d e.